U0049520

5分鐘理解 新聞關鍵字

編 Kids Trivia 俱樂部

繪 TORIBATAKE HARUNOBU

譯 李沛栩

快樂文化

透過相互討論，更能加深理解。

「昨天的連續劇超有趣的啦～」

「這週新出刊的漫畫你看了嗎？」

大家跟朋友是否經常有這樣的對話呢？

電視節目或書中的內容常常是大家討論的熱門話題。

為什麼和朋友聊到這些話題時，總是那麼開心呢？

首先，聊天能夠增進朋友之間的感情。例如：和朋友喜歡同一套漫畫的話，彼此往往有聊不完的話題。透過討論共同話題，互相交換意見和想法，能夠拉近彼此之間的距離。而且，傾聽朋友的意見和想法，也是一種樂趣。例如：

朋友追劇時被觸動的點和自己一樣的話，會感到很開心；即使彼此的感想不同，但如果從朋友的分享當中，新發現到有趣的事物，那也是很棒的事。

討論的效果

在彼此討論的過程中，能產生認同感、提升凝聚力，互相取得共識，還有發現新觀點。除了可以更了解對方的想法，自己也能夠增廣見聞。這就是討論帶來的效果。

希望各位讀者平時多關心新聞和社會事件，並與家人和朋友分享這些話題。討論新聞時事，有助於獨立思考，使自己更有主見，也能了解其他人的想法，產生新的見解，因而更深入的理解新聞。

一起關心時事，開啟話題吧！

「新聞報導好多艱澀難懂的詞，看不懂啦！」

或許你會這麼想，但不用擔心，只要看過這本書再也不用怕。本書以通俗易懂的方式解說新聞議題必知關鍵字、新聞常見關鍵字、熱門話題關鍵字……等各種新聞詞語。你不需要什麼都懂，先踏出第一步，從本書中找出你最感興趣的話題跟朋友聊一聊，一起透過討論來增加新知、發現新事物吧！

學習討論事情的規矩以及

認真傾聽別人說話

在他人發表意見時，請不要中途打斷或隨意插嘴。

話說到一半被人打斷是很不舒服的事，而且其他人可能也想繼續聽下去。即使你不同意對方的觀點或認為對方是錯的，也不該打斷對方，請專心聽到最後。

不要自顧自的任意發言

在討論的場合中，如果每個人都隨心所欲的想說就說，就沒辦法好好討論了。

開班會或工作會議時，發言前請先舉手，被點到名字之後再開始說話。和朋友們聊天時，雖然不用舉手，但是在發表意見前先說聲「我覺得……」或「不好意思，我有話要說」會比較好。

不可說粗話！不可人身攻擊！

針對不同意見相互辯論是好事，但絕不可任意用粗俗語言辱罵對方。討論時可以否定對方意見，但不可以否定對方人格。要是出現「會說出這種話根本是蠢蛋吧？」這種侮辱言論時，這次的討論也失去意義了。

發表意見的方法吧！

如果你想傳達資訊……

如果你的目的是傳達訊息和知識，就不可用高高在上的態度強加給他人。用正確的說話方式才能正確傳遞訊息，達到與人分享的目的。聽眾會產生質疑或提出疑問都是很正常的事，因此你必須具備正確的知識。

想廣泛尋求意見和啟發……

如果你想針對某個問題或議題，尋求更多的意見和資訊，那更應該積極發表自己的看法。尤其是剛開始討論時，不要害怕說錯，在討論過程中也盡可能傾聽各種不同的意見。即使是來自少數人的意見，最後也可能激盪出好點子，集思廣益是很重要的。

想得出結論的話……

即使是成年人，也很難在討論時得出讓所有人都滿意的結論。參與討論的人必須對這次的議題和期望得到的結果，先有初步共識，才能讓討論順利進行下去。

目次 Contents

本書的使用方法

本書內容包含對新聞中常見詞語的解釋，以及用這些詞彙開啟討論話題的方法。如果對書中介紹的議題感興趣，可以找資料研究，增加相關知識，並且找更多人一起參與討論，更能加深理解！

（本書所刊載的內容為截至2022年5月的最新資訊。）

第1章

社會的詞語

社會是「人所形成的群體」，
換句話說，我們都是社會的一分子。
討論社會議題，
能幫助我們理解彼此間不同的立場，
進而消弭社會分歧。

新型冠狀病毒

引發全球大流行的病毒

　　過去已知會感染人類的冠狀病毒有六種，包括2003年造成全世界流行的SARS及2012年發現的MERS，感染這兩種病毒之後容易併發重症，其餘四種冠狀病毒引起的症狀則類似感冒。然而，2019年在中國發現了第七種，稱為新型冠狀病毒，並爆發了COVID-19，疫情迅速擴散到全世界，造成全球大流行，也改變了人們的生活方式。為什麼新型冠狀病毒會這麼危險呢？

　　新型冠狀病毒不僅比流行性感冒傳染力更強，更麻煩的是它具有超長的潛伏期（從感染到出現症狀的時間）。流感的平均潛伏期約兩天，而新冠病毒的平均潛伏期為五到

六天，許多受感染的人甚至沒有出現明顯的症狀，這些無症狀感染者，不知道自己已經染病，還持續外出活動，造成病毒大量傳播。

感染新冠病毒容易併發重症，嚴重甚至可能死亡，因此，必須針對病毒本身的特性來制定防疫對策。雖然新冠病毒不斷出現新的變種，但只要做好基本的預防措施，就能達到防疫效果。

新冠病毒主要傳染途徑可分為：飛沫傳染（打噴嚏、咳嗽）和接觸傳染（接觸帶有病毒的物品）。所以，勤洗手、戴口罩和減少外出移動，是預防感染的不二法門，這些方法在許多國家實施後已經證實是有效的。

～來聊聊這樣的話題吧～

在檢討防疫對策的同時，也重新審視一下新的生活方式吧！

受到COVID-19影響，生活中出現許多新的商業模式！

新冠病毒造成的疫情，對我們的生活方式，帶來哪些影響呢？

SNS（社群網路服務）

與全球人們互動的便利網路服務

　　SNS是Social Networking Service的縮寫，這項服務能讓所有人在網路上互動交流。大家應該聽過或用過Facebook、Twitter、Instagram等社群網站，你可以透過這些社群網站與其他用戶交換資訊，也能藉由分享影片或照片獲得關注。除了個人用戶之外，許多企業也會透過社群網路的力量，宣傳自己的品牌，及時了解消費者的聲音。從21世紀初開始，便利又好玩的社群網路在世界各地興起一股熱潮。

　　然而，使用社群網路並非毫無風險，如果使用不當，將引發各種問題。舉例來說，你有聽過網路論戰嗎？這是

指一篇網路文章或照片引發大量網友的批評與譴責，甚至互相攻擊，使得論戰不斷延燒，最後一發不可收拾……網路論戰不僅發生在一般人身上，某些藝人或企業所引發的網路論戰也時有所聞。最嚴重的情況甚至會演變成犯罪事件，引發論戰的人或參與論戰的人可能被逮捕，甚至被公司開除或被學校退學。網路言論有自由也有責任，使用社群網路時要特別注意這個問題。

　　還有一種在社群網站上出現的亂象，就是個人資料外洩，它的嚴重性不亞於網路論戰。曾經有人只是在網路上張貼住家照片，就被網友查出家裡地址、工作地點，甚至連家人的資料也曝光。所以千萬不要在社群網站上隨便透露你的個人資料，很可能連帶使其他個資外洩，被有心人士拿去利用。

～來聊聊這樣的話題吧～

跟網路上的陌生人交朋友是好事嗎？還是很可怕呢？

唔～只是在SNS上貼一些自我介紹的文章，會有什麼問題嗎？

還是要制定一下SNS的使用規則比較好喔！

Big Data（大數據）

幫助生活更便利的龐大且複雜的資料

　　「Big Data？是指龐大的資料嗎？」是的，所謂Big Data就是大數據，也稱為巨量資料，指隨著網際網路發展普及而取得的龐大資料。簡單來說，大數據的特徵包括「龐大的資料量、資料多樣性、速度和高經濟價值」。「大數據分析」是一門新興科技，能夠解讀和預測各種生活現象。

　　實際來看看大數據在我們生活中的應用。有一家連鎖迴轉壽司店為了收集資料，在盛裝壽司的盤子上安裝了IC晶片，收集「客人點了哪些壽司？在什麼時段賣得最多？最後賣出多少？」的數據，並結合營業當天的天氣、客層來源和其他分店的銷售數據加以分析，再根據結果預測客

戶需求，來調整輸送帶上的壽司品項和數量。結果，這家壽司店因此減少了食材的報廢量，省下許多成本。大數據不僅應用在商業領域，也遍及其他領域，從公司的庫存管理到刑事犯罪預測，運用大數據已成為不可抵擋的趨勢。大家也討論看看，如果從汽車導航中收集行駛相關的大數據，能發揮什麼樣的用途呢？

隨著大數據的使用需求增加，也會需要更多資料分析處理的人才，因為大量資料沒經過分析的話也派不上用場。例如資料科學家，他們的工作是將各式各樣龐大又雜亂無章的資料加以分析整理，找出其中的關鍵。大數據時代已經來臨，與資料分析或系統開發等相關的新職業變得炙手可熱，不妨調查看看，還有哪些工作也需要用到資料的分析及處理技能呢？

~來聊聊這樣的話題吧~

從汽車導航收集到的行駛資料可以怎麼運用呢？

可以先想想看，自己開車時想獲得什麼資訊。

好像還有很多日常活動都能做大數據分析耶！

假新聞

網路消息不可盡信！

　　假新聞／假消息（Fake News）指的是「捏造的不實訊息」。內容以假亂真，讓許多人誤信而順手在社群網站上分享，以訛傳訛，迅速散播開來。

　　例如：2016年英國舉行脫離歐盟的公投期間，以及美國總統大選期間，都有大量的假新聞在社群網路上傳播，最後對投票結果產生重大的影響。美國一名男子誤信假新聞，持槍襲擊了一家披薩店。在日本，某次地震後，一名男子在網路上散布「動物園裡的獅子逃到街上」的惡作劇照片，因製造假新聞而被警察逮捕。

　　從以上例子可以看出，散播假新聞的目的有很多

種，有些是單純想「受到關注」，有些是企圖影響社會或政治，還有的則是為了攻擊特定對象或企業等，無論如何，製造和散布假新聞都是違法的。你還可以觀察看看，在COVID-19疫情期間經常出現的訊息流行病（Infodemic），這指的是各種未經證實的資訊被快速大量傳播的現象。因為事實和謠言混雜在一起，人們可能被誤導，而發生防疫破口，造成疫情惡化。

　　要特別注意的是，近年來製造假新聞的手法日漸巧妙，越來越多運用人工智慧的深偽技術（Deepfake）影片在網路上流竄，很難一眼看穿。因此，對於未經證實或來源不明的網路消息，須保持懷疑，在轉發之前，務必先查證是否屬實，不要淪為散播假新聞的幫兇。

～來聊聊這樣的話題吧～

不只要識破假新聞，也要避免成為散播的幫兇！

我們應該思考一下辨別假新聞的方法。

如果發現假新聞，下一步我們可以做什麼呢？

仇恨言論

基於仇恨的言行是挑起偏見和歧視的原因

　　所謂的仇恨言論（Hate Speech）是指「出於恨意的發言」。舉例來說，「○○人，滾出去！」或「殺光○○教的信徒！」等針對特定人物或群體，具有貶抑、挑釁、威脅或攻擊性的言論，試圖挑起種族、性別或宗教歧視，就是仇恨言論。廣義的說，不只是發言內容，其他可能煽動並造成傷害的「行為」也屬於仇恨言論。

　　散播仇恨言論、藐視人權、對他人造成傷害，是非常可怕的行為。這些行為源於對特定群體的仇恨，很容易造成對立和衝突。為了避免這些衝突，一些國家開始透過法律來管制，例如：日本政府2016年通過了《消除仇恨言論

法》，聯合國也在國際公約中呼籲各國政府應針對仇恨言論制定罰則。

　　另一方面，有些人高舉言論自由的大旗，為仇恨言論的正當性辯護。言論自由是很多民主國家保障的基本人權之一，我們每個人都享有自由表達個人意見和想法的權利，因此有些人主張：「即使是仇恨言論，那也是我的個人自由！」然而，言論自由是有界線的，並受到法律規範，並不是你說什麼都沒關係。只要涉及到誹謗、侮辱或騷擾他人，就構成了犯罪行為，因此，我們不能容忍和姑息仇恨言論。

～來聊聊這樣的話題吧～

網路世界的匿名性，讓仇恨言論也越來越猖獗了！

要怎麼做才能創造出沒有偏見和歧視的社會呢？

我們來討論一下，為什麼仇恨言論不屬於言論自由的保障範圍。

武裝衝突

在戰亂地區有許多兒童被迫參軍

　　近年來世界各地有許多地區發生武裝衝突，從斷斷續續持續了幾十年的美國與阿富汗蓋達組織爆發的阿富汗戰爭，到多個國家和民族介入使得局勢變得複雜難解的敘利亞內戰，一直到2022年俄羅斯攻打烏克蘭的烏俄戰爭……世界各地的軍事衝突仍持續不斷，即使在一些受遊客歡迎的旅遊國家，也不乏有部分地區正處於動亂中。

　　首先來談談什麼是「衝突」？字面上的意思是爭執和對立，但在更多的情況下，「衝突」特指使用軍事武力引發的爭鬥。你可能會想：「這和戰爭有什麼不同？」其實戰爭也是武裝衝突的一種，一般而言，戰爭是指兩個以上的國

家以武器或軍隊進行對抗；而內戰則是同一國家內，政治訴求不同的族群彼此對立而訴諸武力。

在世界各地的武裝衝突地區中，有無數兒童成了戰爭的犧牲品，「童兵」問題就是其中之一。因為年紀小的孩子更容易被洗腦、灌輸仇恨思想，而被訓練成聽話的士兵。在衝突地區有許多兒童被誘拐、綁架進入各種組織中，被迫拿起武器參戰。全世界有許多孩子因此淪為戰爭工具，因而喪命，還有無數兒童因營養不良而活活餓死。

為了幫助受戰爭波及的兒童和其他人民，聯合國和世界各國都已展開人道救援行動，除了提供食物和生活物資，還提供教育支援、基礎設施整建，並協助清除地雷和武器，目前為止仍有許多地區急需援助。

來聊聊這樣的話題吧～

一想到這個時候還有很多跟我們同年齡的小孩被捲入戰爭，就覺得不能置身事外！

嗯！我們一起來想想，我們可以為戰亂地區的人們做些什麼吧！

首先調查一下，現在有哪些地區，為了什麼原因正在發生戰爭！

貧窮

已開發國家也存在的貧困現況

　　2015年，聯合國大會提出十七項SDGs（永續發展目標），涵蓋環境、經濟與社會等面向，其中第一項目標就是「消除各地一切形式的貧窮」。日益複雜的貧窮問題已成為全世界關注的議題，聯合國組織將貧窮定義為「一個人無法獲得最基本的物質和需求，包括教育、工作、食物、醫療保健、飲水、住屋和能源等。」換句話說，這些人基本生存所需的食衣住行缺乏保障，也無法負擔醫療費用。

　　貧窮可分成兩大類：絕對貧窮和相對貧窮。絕對貧窮目前定義為每天生活費不足1.9美元（約新臺幣55元）的人，絕對貧窮是開發中國家和戰亂地區的常見問題，在已

開發國家則比較少見。世界銀行2020年的報告顯示，全球絕對貧窮的人口在過去二十年來首度增加，估計2021年增加了一點五億人。SDGs期望在2030年以前達成「零貧窮」的目標，按照目前的速度看來，恐怕很難實現。

　　另一方面，很多已開發國家也存在所謂的「相對貧窮」，這指的是比同一國家、社會或地區中的多數人更貧困的人，他們的生活水準低於一般平均，卻不易被發現。相較於全世界長期重視的「絕對貧窮」，「相對貧窮」近年來也開始受到關注：日本有提供弱勢兒童食物的兒童食堂，臺灣有商家提供愛心待用餐等，為貧困人口提供援助。

～來聊聊這樣的話題吧～

聽說日本每七個兒童就有一個處於貧困狀態，我之前都不曉得！

如果有個機制能讓大家很快發現需要幫助的兒童就好了……

你們覺得「相對貧窮」很難被發現的原因是什麼？

難民問題

被迫逃離母國的人

　　大家在電視新聞中是否聽過或看過所謂的難民？難民是指因武裝衝突、政治迫害或人權侵犯等問題，為了生存而不得不逃離母國，尋求其他國家庇護的人。或許你認為這些都是遠在天邊的他國事務，與我無關，但是難民問題造成的影響，世界各國不得不正視。

　　根據聯合國的統計，至2020年底，全世界約有八二四〇萬人因戰爭或迫害而被迫逃離家園，這個數字約佔全球總人口的1％，目前還在持續增加中。敘利亞和南蘇丹等國戰火頻傳，長期的人道危機也造成全球難民問題不斷惡化。如內戰不斷的敘利亞，就有近三成的國民，大約六

七〇萬人流亡在外；1978年阿富汗爆發一系列的戰爭，數以百萬的難民湧入鄰近的伊朗，流離失所長達四十多年。

近年來，有一些無法逃往國外，被迫待在國內顛沛流離的難民也不斷增加，這些人被稱為境內流離失所者（IDPs）。逃往國外的難民受到收容國的庇護，在生活及工作上能獲得協助，但是相對的，境內流離失所者卻難以獲得國際救援。

現今國際上有數個難民援助機構及組織，如聯合國難民事務高級專員署（UNHCR）就是其中之一。UNHCR會應收容國的要求，為難民搭建收容設施（難民營），提供物資和醫療援助。使難民的安全、住處、食物和生活必需品獲得保障。

來聊聊這樣的話題吧～

要是難民收容國再多一點就好了！

有一些國家限制難民的接收數量，難道收容難民會帶來什麼壞處嗎？

我曾經聽說過假難民這個詞，不知道跟這個有沒有關係？

環境問題

全世界必須共同面對與解決的重要課題

社會

政治

經濟

科學

文化·體育

　　人類的活動會對環境帶來負面影響，進而造成環境問題。地球正面臨各式各樣的環境問題，這已不是單一國家可以解決的問題，勢必得跨國合作，甚至需要全世界共同面對和處理。

　　例如：汽車和工廠排放的有害物質造成空氣汙染，不但嚴重衝擊地球環境，也危害人體健康。1970 年代，日本曾發生一連串光化學煙霧的公害事件，這種煙霧是由空氣中的有害化學物質被陽光分解而產生，當時很多人都出現眼睛劇痛和呼吸困難等症狀。近年來，光化學煙霧汙染已有所減少，取而代之的是PM2.5 的問題。PM2.5 是指空

氣中直徑在 2.5 微米以下的微粒物質，又稱為「細懸浮微粒」，長期吸入的話，會引起氣管或肺部等呼吸道疾病。

　　不僅空氣受到汙染，人類丟棄的垃圾和生活廢水也流入海洋，威脅到海洋生態的平衡，造成海洋汙染。隨著海洋汙染加劇，導致海洋生物銳減，嚴重衝擊漁業，造成不可挽回的傷害。目前最棘手的海洋汙染問題，是海水中大量的塑膠微粒——泛指小於五毫米的塑膠碎片。由於塑膠微粒太過微小，一旦流入海中就難以再回收或清除，容易被海洋生物吞食，並且無法消化排出而危害健康。研究報告指出，海洋中的塑膠微粒還在持續增加中，按照目前速度，到了 2050 年，全球海洋中的塑膠數量將比魚類還多。

〜來聊聊這樣的話題吧〜

一起來想想，我們能做些什麼改善環境汙染？

為了保護環境，就算生活變得有點不方便也要忍耐！

唔〜生活便利很重要……但保護環境也很重要……該怎麼做才好？

全球暖化

氣候變遷帶來的全球性危機

　　氣候變遷是指很長一段時間內的氣候變化，期間從幾十年到幾百萬年。如今，氣候變遷已成為全人類迫在眉睫的危機，國際社會必須盡快採取全球性政策來因應。

　　根據研究，全球暖化是導致氣候變遷的主要原因。全球暖化指的是地表的全球平均氣溫，在一段時間中逐漸升高的現象。大氣中的溫室氣體會產生溫室效應，使溫度上升，而人為排放大量的溫室氣體，尤其是二氧化碳，加快了全球暖化的速度，引發許多氣候異常。

　　氣溫上升會造成南北極的冰層融化，導致海平面上升，一些地勢較低的陸地和島國將逐漸被海水淹沒，海水

滲入農田和水井中，導致農作物無法生長，飲用水也受到汙染。像是平均海拔將近一點五公尺的吐瓦魯，是受海平面上升威脅最嚴重的國家，從2002年開始，許多居民不得不移民到紐西蘭。此外，氣溫上升還會使降雨量不穩定，近年來非洲、澳大利亞和印度等國家經常發生嚴重乾旱；而在東南亞和中亞地區卻出現豪雨、洪水氾濫，損害農作物，許多人被迫撤離家園。

　　為了應對氣候變遷，自1995年開始，國際上每年都會舉行聯合國氣候峰會（COP）。2015年在法國巴黎舉辦的第二十一屆氣候峰會中通過《巴黎協定》，各國協議「將全球平均氣溫的上升幅度，控制在與工業革命前相比最多2℃內的範圍，且應努力控制在1.5℃以內」，致力達成減碳目標。

～來聊聊這樣的話題吧～

為了減少二氧化碳排放量，我們國家做了哪些努力呢？

應該也有很多個人能做到的事情！

哦，我有印象！好像是冷氣溫度應該設定在……多少度呢？

糧食問題

窮人挨餓，富國卻浪費食物？

在聯合國的永續發展目標（SDGs）當中，期待能在2030年以前，達成全球「零飢餓」的目標，儘管全球的糧食生產量足以供應給全世界所有人，然而，至今全球仍有八億多人長期處於營養不良的狀態中，很不可思議對吧？全球每年約生產二十七億噸以上的穀物，加上庫存量，供應全球人口理應綽綽有餘，卻有很多人處於飢餓中，究竟出了什麼問題？

首先，許多受飢餓所苦的國家大多以傳統方式耕作，只能看天吃飯，氣候變遷引發的天災常常造成糧食歉收，即使收成了，也可能遇上土石流或是極端高溫影響，使得

儲存的糧食化為烏有，所以天然災害是造成糧食不足的主因之一。另外，糧食問題也跟貧窮脫不了關係，無論是生產糧食，或是要供應糧食，都需要足夠的金錢。

根據報告指出，全球有三分之一的食物被浪費掉，已開發國家的食物浪費大多來自消費端，像是「剩食」和「過期食品」被大量丟棄，食物浪費已成為我們必須正視的問題。不僅如此，焚燒廢棄食物還會產生溫室氣體，導致全球暖化加劇。根據統計，全球浪費食物所造成的溫室氣體排放量，若換算成二氧化碳，則超過三十億噸，約佔全球溫室氣體排放量的8%，這是非常驚人的數字。已開發國家浪費了大量食物，開發中國家的飢餓人口卻不斷增加，究竟該如何解決糧食不均的問題，我們有必要好好反省。

～來聊聊這樣的話題吧～

一般家庭也有食物浪費的問題，是什麼原因造成的？

跟我的挑食有關係嗎？

我們來想想，該怎麼處理吃不完的食物，避免造成浪費！

少子高齡化

已開發國家正面臨人口減少問題

　　一個國家的生育率降低，兒童比例逐年減少的現象，稱為少子化；而因平均壽命延長，造成六十五歲以上老年人口比例增加的現象，則稱為人口高齡化；當這兩種現象同時發生，就稱為少子高齡化。在許多已開發國家，少子高齡化的現象正在急速惡化中，究竟產生了哪些嚴重的問題呢？

　　首先，隨著年輕人口越來越少，這個國家的工作人口，也就是勞動力會逐漸減少；因為社會中承擔工作責任的人力主要是年輕人，當社會缺少勞動力，國家經濟也隨之下滑。此外，高齡化也會加重年輕人的扶養負擔，當需要就

醫的老人變多，政府支出的醫療費用也會增加，如此一來，年輕人就必須繳更多的稅來維持國家財政。少子高齡化造成的問題不勝枚舉，其他還有如年金制度的崩解，以及地方產業的衰退等，無一不對社會造成嚴重衝擊。

　　面對少子高齡化問題，各國制定了許多政策，努力提升生育率，增加國家未來的棟梁，是解決問題的根本辦法。隨著生活型態多元化，越來越多人選擇不生小孩，我們應尊重這些人的想法，同時創造出讓「想生小孩」的人能夠安心育兒的環境，這是刻不容緩的議題。面對日益嚴重的高齡化問題，確保年長者的健康是很重要的，不僅能減少醫療支出，還能鼓勵年長者繼續工作，讓他們也可繼續為社會盡一份心力。

～來聊聊這樣的話題吧～

能夠安心育兒的環境是什麼樣的環境呢？不妨問問爸爸媽媽的想法。

如果沒有人幫忙照顧孩子應該會很辛苦吧！

聽說養小孩很花錢耶……有什麼好辦法嗎？

教育問題

全球有超過一億個兒童失學

　　大家或許把上學視為理所當然，事實上，全世界還有很多孩子無法到學校上學，每個人的生長環境決定了能獲得多少教育資源，因此造成教育不均的現象。

　　全球有超過一億個六至十四歲的兒童無法接受教育，因此長大後也不會計算、閱讀和寫字。根據統計，包括失學兒童在內，全球約有七億五千萬人是文盲，這些人大多生活在相對比較貧窮的國家，即所謂的開發中國家。這些國家中多數的家庭都很貧窮，兒童必須分擔家務勞動，許多孩子甚至每天必須來回好幾趟到很遠的地方去提水，才能確保全家人一整天的用水，因此他們根本就沒有時間去

上學；還有一些孩子是因為受到戰爭的波及而無法上學，他們的學校可能受到攻擊，也可能在上學途中遭遇戰火，孩子們因此無法安心就學；有一些偏遠地區甚至也沒有學校和老師。

　　如果不會閱讀、寫字和計算，就無法獲得生活所需的資訊和知識，這些失學的人，可能因為看不懂告示或警語而陷入危險；他們也可能因為不識字而無法學習專業技能，可選擇的工作很有限，所以無法獲得穩定收入，使得下一代更難以擺脫貧窮。目前聯合國兒童基金會與許多國際救援組織，正透過各種行動，希望能幫助全世界的失學兒童。

來聊聊這樣的話題吧～

LGBT

理解性別和性向的多元化是很重要的

　　人類的性機制主要由四個要素組成：包括身體的性別（生理性別）、內心的性別（心理性別）、外在表現出來的性別（性別表現），以及喜歡哪種性別的人（性向），綜觀這四大面向，才能組成一個人的性相（Sexuality）。在人類的各種性向中，通常又以LGBT泛指性少數群體（Sexual Minority）。

　　LGBT由四個英文字字首組成，L是Lesbian（女同性戀者），指喜歡女性的女性；G是Gay（男同性戀者），指喜歡男性的男性；B是Bisexual（雙性戀者），男性女性都喜歡的人；而T是Transgender（跨性別者），指心理性別

與生理性別不一致的人。長久以來，性少數族群在社會中容易受到歧視，但近年來，尊重「多元性別」的理念開始受到重視，對於LGBT群體的理解和支持行動也越來越多。此外，為了涵蓋以上四種之外的其他性少數群體，還衍生出另一個通稱LGBTQ。

在理解性少數群體時，我們還需要知道一個重要關鍵字出櫃。出櫃是指向他人公開自己一直視為隱密的性向或性別認同，在本人尚未出櫃前，千萬不能以外表的穿著打扮或言行舉止，輕易斷定一個人的性向。出櫃必須是出於自己的意願，如果未經本人同意，隨意暴露他人的性向，這種情況則稱為被出櫃。實現性別友善社會，需要每個人對於多元性別有更多的認識及理解。

來聊聊這樣的話題吧～

有些國家不承認同性婚姻，為什麼呢？

兩個相愛的人結婚有什麼不好嗎？

亞洲繼臺灣承認同性婚姻合法之後，日本札幌的法院也出現「禁止同婚違背了憲法」的判決喔！

SDGs

全世界人類共同努力實現的目標

　　「這個月的目標是充滿活力的打招呼！」大家應該有過像這樣全班或全家一起設定目標的經驗吧？SDGs則是由全世界共同設定的目標，正式名稱為永續發展目標，這是為了讓全體人類都能幸福生活，而設定必須在2030年以前實現的一系列目標。SDGs總共有十七項目標，於2015年在聯合國大會上通過並宣布，旨在確保地球上沒有任何人會被棄之不顧。這些目標的詞語簡單易懂，如「消除貧窮」、「減少國內與國家之間的不平等」和「保育海洋生態」等等。

　　想要實現這些目標，不能光靠政府或企業努力，必須

從自己做起，只要每個人從當下開始改變自己的行為和思考方式，就能一步步接近目標。例如：「隨手關燈」可以實現第七項目標「確保人人都能取得可負擔的潔淨能源」；「把飯菜吃乾淨」則實現了第十二項目標「負責任的消費與生產」；即便只是單純的「與朋友好好相處」，也能幫助消除人與人之間的歧視和偏見，為實現永續發展目標踏出第一步。

　　SDGs 的大寫 S 是源自英文單字 Sustainable（永續的）。實現這些目標，不僅是為了改善自己的生活，也能讓下一代擁有更美好的未來。我們必須立刻開始行動，唯有每一個人都努力達成 SDGs 的目標，地球上的自然環境才不會繼續惡化，未來才可能實現沒有歧視的世界。

來聊聊這樣的話題吧～

光是讓更多人知道SDGs的事就有幫助了吧！

對耶！我們可以向不知道的人介紹什麼是SDGs。

我們能做些什麼來達成SDGs的目標呢？

社會的詞語
縮寫小測驗

※答案在第157頁

這個小測驗要考考你第1章出現的專有名詞。
請回答關於專有名詞的縮寫問題。

Q1: 能讓所有人在網路上進行互動交流的「SNS」是什麼的縮寫？

Q2: 性少數群體的通稱「LGBT」是哪四個英文單字的字首？

Q3: 全世界應該共同努力的目標「SDGs」的大寫S是出自哪個英文單字？

第2章

政治的詞語

政治是改善社會環境、提升生活品質的重要手段，
對政治漠不關心的話，我們的生活就無法變得更好。
不需要因為害怕爭論而避談政治，
學會尊重不同意見，就能建立良好的討論環境。

民主

一切「由大家共同決定」的制度

　　我們生活的社會具有一定的規則和體制，就像學校也有學校的規則，例如：「不可以在走廊奔跑」或「服務股長必須在午休時間幫花臺的花澆水」等。

　　每位國民都必須遵守的規則就稱為法律。法律是誰制定的呢？答案是政治人物。但這不表示政治人物可以隨心所欲制定規則——因為我們有民主制度。

　　民主制度代表人民有權利決定國家發展的方向。如果一個國家只由少數人憑自己的好惡來做決定，最後會變成什麼樣呢？很久以前，也曾經出現只有國王才可以決定國家一切的君主制度，以及由少數富人掌握國家政權的貴族

政治時代，政治只為少數人服務，無法惠及所有人民。經過漫長的歷史演變，出現了「必須參考全體國民的意見來決定國家前途」的制度，這就是民主制度。

在民主社會中，每個人都享有平等的權利，雖然負責制定法律的是政治人物，但他們都是由人民選出的民意代表，所以在國會中所做的決定也是民意的體現。民主社會裡人人生而平等，所有人民都能透過推選出來的代表制定法律和政策。

~來聊聊這樣的話題吧～

雖然制定國家政策時會聽取國民的意見，但不見得所有人的意見都一樣吧？

所以民主國家才會有「多數決」這種投票表決方式。

多數決就是以多數人的意見為主對吧？那要是有51人同意，49人反對呢？

選舉和選舉權

選出代表人民發聲的政治人物

　　所謂選舉，是由人們投票選出正副總統，以及代表人民發聲的立法委員、縣市議員、縣市長和村里長等公職人員。大家在學校應該也有投票選過正副班長或其他幹部，這也是一種選舉行為喔！

　　選舉時，只有擁有選舉權的人，才具有投票資格。選舉權顧名思義是指參加選舉的權利，假設要選出六年二班的班長，只有六年二班的同學才有選舉權，換句話說，六年三班的同學並沒有參與二班的班長選舉的權利。

　　必須滿足某些條件，才能擁有選舉權。例如：在臺灣，年滿二十歲的人才有選舉權；日本和韓國必須年滿十八

社會

政治

經濟

科學

文化‧體育

歲；奧地利只要滿十六歲就有選舉權。每個國家的規定不太一樣。

國民除了選舉權之外，還有被選舉權。被選舉權指的是可以成為候選人，參與競選的權利。任何想成為政治人物，想讓世界變得更美好的人都可以參加競選。

與選舉權一樣，被選舉權也有年齡限制。臺灣年滿二十三歲就能參選村里長、鄉鎮市代表、直轄市議員、縣市議員、立法委員；年滿二十六歲可以參選鄉鎮市長、直轄市山地原住民區長；年滿三十歲可以參選直轄市長及縣市長；年滿三十五歲可參選監察委員；年滿四十歲才能參選正、副總統。

選舉權是國民的重要權利，當你有選舉權以後，請積極投票參與政治！

編注：2022年3月，臺灣立法院通過十八歲公民權修憲案，將交由公民複決同意。

～來聊聊這樣的話題吧～

如果所有的候選人中沒有你想投的人怎麼辦？

嗯～我應該不會去投票吧……

我可能會投廢票吧……應該採取什麼樣的行動比較好呢？

國會與三權分立

讓政府權力不會過於集中的制度

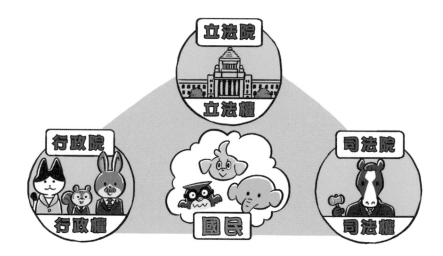

　　大家有過開班會討論班級議題的經驗吧，同樣的，國家也有專門討論各種議題的地方，那就是國會——國家的議會（在臺灣稱為立法院）。

　　國會由人民選出的政治人物組成，他們負責開會討論並決定民生政策和國家各種政策，例如：國家預算如何運用（納稅人的錢要花在哪裡）以及如何與外國進行良好的外交。國會還有一項最重要的工作，就是制定新的法律和修改現有法律，因此國會也是國家的「立法機關」，只有國會可以制定或修改法律。

　　知道國會是如何運作之後，我們再來看看三權分立。

三權分立是指國家的統治權分成立法、司法、行政三權，使其各自獨立，互相制衡的一種制度。立法機關負責制定法律（立法權）；行政機關根據法律施行國家政策（行政權）；司法機關則負責懲罰不遵守法律的人（司法權）。你可能會想，把三個機關整合成一個，不是更方便嗎？不這麼做是有原因的。

如果有一個國家機關強大到可以做任何事，那就沒人敢提出異議，也就沒辦法糾正它的錯誤。想想看，如果一個暴虐無道的國王掌握了國家所有權力，這個國家最後會變成什麼樣？國王可以隨心所欲制定他認可的法律，把他不喜歡的人送進監獄，人民也不敢反抗他……為了防止這種權力失控，把國家治理得更好，人們才創立了「三權分立」制度。

譯注：臺灣的憲政體制為五權分立，除了行政權、立法權、司法權，還有考試權、監察權。

～來聊聊這樣的話題吧～

一個國家維持正常運作需要這三種權力相互監督，人民也能在其中發揮影響力喔！

因為國會議員是由人民選舉選出來的嘛！

那人民又是如何影響司法機關和行政機關的呢？

兩院制

為了謹慎得出結論而有的雙重保險

　　國會在議事時，分成兩組進行討論的制度，稱為兩院制（二院制）。除了北歐以外，大多數的已開發國家，如美國、英國、德國和日本等都採用兩院制。

　　以日本為例，日本國會分成眾議院和參議院，是各自針對法律和國家預算等事項進行討論；眾議院和參議院的結構也不同，眾議院有465席（議員的人數），議員任期為四年；參議院有245席，議員任期為六年。隸屬於眾議院的政治人物稱為眾議院議員，隸屬於參議院的政治人物則稱為參議院議員。

　　我們開班會時通常不會把同學分成兩組，而是全班一

起進行討論吧，那為什麼國會要實行兩院制呢？這是為了能夠更仔細討論議題並得出正確的結論，分工合作可以避免犯錯——眾議院會先進行討論並做出結論，然後再交由參議院進行第二次討論，以確保眾議院的決定是正確的。有時候眾議院和參議院會得出不同結論，這並不是一件壞事，因為這是經過兩院仔細討論後得到的結果，所以分成兩組各自討論的方式，能夠幫助做出更好的決定。

　　相較於兩院制，一院制則是指由單一國會進行討論並做出決定的制度。實行一院制的國家，包括：丹麥、匈牙利、土耳其、韓國、中國、埃及和伊朗等，這種制度的優點是全體一起討論，能更快速的做決策，提高解決問題的效率。

來聊聊這樣的話題吧～

如果兩院得出的結論不同，那決策效率就會變差。

所以兩院制的缺點是做決策很花時間嗎？

謹慎的討論和追求效率的政治……哪一個更重要呢？

憲法

一個國家的最高原則

　　憲法確立了一個國家的基本理念。這聽起來好像很難理解，其實一點也不難。世界上第一部憲法是寫於1215年的英國《大憲章》，當時的英國由國王統治，但人民對國王的不合理命令感到不滿，於是他們寫了《大憲章》來限制國王的權利。從這段歷史可以看出，憲法是「人民為了限制國家行為」而設立的。我們可以理解成，法律是人民必須遵守的規則，而憲法則是國家必須遵守的規則。

　　每個國家都有自己的憲法，憲法描述了這個國家是什麼樣的國家，以及它應該成為什麼樣的國家。例如：日本的憲法《日本國憲法》內容共有十一章，可以說是一本解

釋日本是個什麼樣的國家的「說明書」，其中最重要的內容被稱為日本憲法三大原則：國民主權——國家權力屬於全體人民，和平主義——追求和平、反對戰爭，以及尊重基本人權——保障所有人民與生俱來的基本權利。《中華民國憲法》分為十四章，第一章第一條開宗明義說明：「中華民國基於三民主義，為民有民治民享之民主共和國。」

　　憲法對人民如此重要，因此修憲（修訂憲法）需要相當嚴謹的程序。以日本來說，須獲得眾議院和參議院各自有三分之二以上的議員支持，並在公民投票中獲得過半數的贊成票才能修憲。

～來聊聊這樣的話題吧～

中華民國憲法從民國三十六年實施以來已經修訂過七次，你們的看法是？

我覺得憲法需要與時俱進比較好！

可是，憲法一直改個不停也不太好吧？

法律

國家強制國民遵守的規定

　　法律是所有國民必須遵守的規則。如果說憲法是「國民強制國家遵守的規定」，那法律則是「國家強制國民遵守的規定」。國家利用法律來維持社會秩序。換句話說，國家制定法律是為了讓每個人都能安心生活。

　　每個國家的法律各不相同，無一例外的是，這些法律的內容不僅鉅細靡遺，種類、條文的數量也很多。例如：中華民國主要的法律稱為六法，包括「憲法、民法、刑法、民事訴訟法、刑事訴訟法、行政法」。日本和韓國也有六法的概念。

　　為什麼國家要制定這麼多法律條文呢？因為沒有法律

意味著沒有規則，如果這個社會沒有規則，每個人都愛怎樣就怎樣的話，秩序就會大亂，變得無法讓人安心生活了。就像社區裡的垃圾場，如果沒有使用規定，大家就會隨意亂丟垃圾，沒多久這個社區就會被垃圾淹沒。國家的法律如果像丟垃圾的規定一樣簡單明瞭，那當然是最理想的狀況，但是隨著時代變遷，社會也變得越來越複雜，我們也需要針對不同領域、不同狀況來制定相應的法律。

　　法律的確非常重要，但國家也不能制定出荒謬不合理的法律來造成國民的困擾，憲法的存在就是為了防止這種情況發生。如果國家試圖將太過荒唐的法律強加給國民，國民可以用「違反憲法規定」的理由提出反駁。

一來聊聊這樣的話題吧～

由誰來檢查法律是否符合憲法的規定呢？

由擁有「違憲審查權」的機關來檢查！

是……三權分立提到的那個機關嗎？

稅收

政府向人民徵收的錢

　　簡單來說，稅收就是國家向國民徵收費用，做為中央或地方政府的經費。舉凡生活中的橋梁、道路、交通號誌，還有學校和圖書館等公共設施，全部都是用國民繳納的稅金來建造的。公所職員、警察和消防員等為國家工作的公務員，以及議員、市長和總統等民意代表和政府官員的薪水，也是從稅收來支付。

　　稅收對於國家維持公共設施和提供國民安全的服務來說至關重要，如果大家都不繳稅，國家和我們居住的城市就沒有錢，橋梁壞了沒辦法修理，想蓋學校和圖書館也蓋不成，如果發生火災，打電話叫消防車還可能被收取高額

費用。

那麼，稅有哪幾種呢？稅收大致可分成兩種：一種是支付給國家的國稅，另一種是支付給地方政府的地方稅。

國稅有很多種，包括根據個人全年所得收入課徵的所得稅、針對公司課徵的營利事業所得稅，以及大家每次買東西的費用中所包含的營業稅（消費稅）等。地方稅則包括了由汽車車主繳納的牌照稅，對土地或房屋所有人課徵的地價稅或房屋稅等。

每個國家的稅種和稅率也不盡相同，以消費稅為例：臺灣是5%，日本、韓國和澳洲是10%，中國是13%，瑞典是25%，匈牙利則是27%。

來聊聊這樣的話題吧～

大家可以在政府機關的網站上查到國民繳的稅都用在哪裡喔！

如果我們也有在繳稅，一定會很在意錢都花到哪裡吧！

我們可以想一想，希望國家怎麼來使用國民所繳的稅。

避稅港

稅率很低的國家或地區

　　繳稅對維持一個國家的運作非常重要，可是不願意從口袋掏出錢來繳給國庫的人也不少。尤其所得稅是依據年收入來課徵，賺得越多，該繳的稅金也越多。以日本為例，年收入超過四千萬日圓，必須課徵稅率 45% 的鉅額稅金，這就是為什麼那些超級富豪以及賺了很多錢的企業，都在想盡辦法節稅的原因。

　　避稅港（Tax Haven）的作用在這時候就顯現出來了，Tax 是指「稅金」，Haven 是指「避風港」，Tax Haven 兩字合在一起即為「避稅港」的意思。它指的是某些稅率很低、繳納的稅金非常便宜的國家或地區。

世界上的避稅港包括：加勒比海地區的維京群島、開曼群島和巴拿馬等，以及荷蘭、瑞士和盧森堡等國。這些國家或地區的所得稅，以及針對企業課徵的稅率非常低，因此吸引了許多想要節稅或逃稅的人在當地入籍或註冊公司，傳聞全球大約有10%的錢都集中在避稅港。

有錢人將大量資金或存款轉移到避稅港，其實並不違法，但這種行為也造成了許多問題，包含擴大貧富差距，甚至避稅港淪為黑道或恐怖組織隱匿不法所得的洗錢管道。

～來聊聊這樣的話題吧～

公共年金制度

保障晚年退休生活的制度

　　當國民因年老而無法工作，或因發生意外而身體殘疾時，由全民一起支撐他們生活的制度，就稱為公共年金制度。許多國家都有訂定公共年金制度，只是在內容上略有不同。

　　我們來看看什麼是年金制度。在臺灣，年滿六十五歲後就可定期跟國家領錢，這筆錢就稱為年金。人們藉由工作賺錢來養活自己，但是當年紀大了，無法再繼續工作時，收入來源也會受到影響。這對於那些財產豐厚的人來說不會造成問題，但是對那些家境困頓的人來說，一旦失去收入，可能連最基本的生活條件都難以維持，因此國家才會

給付年金給六十五歲以上的國民。

　　不過，不是所有的老人都能領取到年金──只有按期繳納年金保險費的人才有資格領取年金。勞保局規定，年齡在二十五歲至六十五歲之間的國民必須繳納國民年金保險費（或是參加其他勞保、農保、公教保、軍保等），在年輕時期分期支付小額保費，這樣到了六十五歲以後才能領取年金，保障晚年生活；即使未滿六十五歲，如果因為生病或事故而無法工作，甚至不幸死亡時，家人也能請領遺屬年金。

　　但是受到少子高齡化影響，政府未來可能面臨財政不足的窘境。國民年金是向就業人口收取保費，來支付給老年人的社會保險制度，如果年輕的勞動人口減少，高齡人口增加的話，每個人必須支付的保費就會增加，年輕人肩上的壓力就變得更重。

～來聊聊這樣的話題吧～

據說少子高齡化如果再繼續嚴重下去，以後能領到的年金會越來越少。

所以不要繳保費，自己存起來比較划算嗎？

如果大家都不繳保費，會發生什麼事呢？

外交

國與國之間的交際往來

　　目前世界上有一百九十八個國家，國家之間如果都能和睦相處，世界自然和平又幸福，但現實中並非如此，國與國之間的關係其實非常錯綜複雜。有些國家相處融洽，有些國家是表面上相處融洽，有些國家彼此鬥爭……在如此複雜的國際關係中，各國為了和平共處、互助合作而展開的一系列交際往來活動，就稱為外交。

　　外交活動包括討論經濟合作、召開國家安全及國家間合作關係的會議、舉辦各種增進了解彼此文化的交流活動，以及舉行聯合軍事演習等。由於往來過程中會牽扯到一些利害關係，所以每個國家在跟其他國家打交道時，都

會優先考慮自己的利益。

你可能認為外交是外交部的工作，外交官們確實是國家進行外交時不可或缺的存在，外交官必須具備多國語言能力，對各個國家、地區的知識瞭如指掌，熟知國際條約等外交知識，可以說是外交領域的專家。

不過，進行外交工作不光依靠外交官，國家元首和其他政治人物、外交相關工作的各部會職員，還有在大使館或辦事處工作的員工，也都是參與國家外交重要的一分子。另外，民間有許多跨國企業或組織，也是國際外交的一環，這種不透過政府官方，而是由民間自動發起的外交活動，稱為民間外交，通常在沒有邦交的國家之間進行。一些公益團體提供外國援助或幫忙救災，也是常見的民間外交。

來聊聊這樣的話題吧～

文化和藝術交流是很棒的外交！能增進彼此了解。

向國外友人介紹自己國家的文化也是展現國民外交喔！。

應該還有一些是我們可以做到的外交，一起想想看吧！

核裁軍

以建立「沒有核武的世界」為目標

核子武器是人類所發明殺傷力最強、最可怕的武器。第二次世界大戰期間，美國研發的原子彈首度用於戰爭。1945年8月6日，美軍先在日本廣島上空投下第一枚原子彈，三天後，1945年8月9日，美軍再度在日本長崎上空投下第二枚原子彈，造成數十萬人死亡。

日本身為唯一遭受核武器轟炸的國家，為了不讓悲劇重演，在1967年宣布「不擁有、不生產、不引進」核武器的非核三原則，持續廢除核武的立場。然而，第二次世界大戰結束後，建造和擁有核子武器的國家卻不斷增加。

目前全世界有九個國家持有核子武器：美國、俄羅斯、

中國、英國、法國、以色列、印度、巴基斯坦和北韓，另外，還有一些國家正試圖製造核武。

　　與此同時，國際上也出現不少反對核子武器的聲浪。其中，核裁軍是以廢除核武為最終目標，倡導逐步削減全球核武數量的運動。核裁軍的具體行動包括制定國際條約，例如：NPT《核武禁擴條約》、New START《新削減戰略武器條約》和CTBT《全面禁止核試驗條約》等。

　　2014年，當時的美國總統歐巴馬發起了IPNDV（國際核裁軍核查夥伴關係），這項計畫是由持有核武國家與非持有核武國家共同參與討論，透過實際行動來削減核武，因此備受國際社會期待。2016年5月，歐巴馬成為首位在任內訪問日本廣島的美國總統。

～來聊聊這樣的話題吧～

如果世界爆發核戰，造成的威力很可能會毀滅地球。

哇！為什麼要大量持有這麼可怕的武器呢？

目前全球約九成的核武似乎都掌握在美國和俄羅斯手中喔！

聯合國

世界上最大的國際組織

　　聯合國是全世界最大的國際組織，在第二次世界大戰結束後，於1945年10月成立。聯合國總部設在美國紐約，目前總共有一百九十三個會員國，幾乎囊括了世界上所有主權國家。

　　聯合國主要有兩大功能：第一個功能是「維護國際和平及安全」，當某個國家發動戰爭或動用武力，威脅到世界和平時，聯合國就能派遣聯合國維和部隊到當地執行PKO（聯合國維持和平行動）。聯合國維和部隊目前部署在非洲、中東、亞洲和歐洲的動盪地區，幫助當地維持和平穩定。

另一個功能是「推動國際合作」，包括解決國際上的經濟、社會和文化問題，建立國家之間的合作機制，以促進人權的進步，消除種族、性別、語言和宗教等歧視。

聯合國有六個主要機構：聯合國大會、安全理事會、經濟及社會理事會、託管理事會、國際法院、祕書處，以及另外十五個專門機構。

在聯合國所有機構中，安全理事會（安理會）是最強大的機構，主要的職責是維護國際社會的和平與安全，因此他們能夠決定很多事情，像是派遣聯合國維和部隊支援戰地或災區等。安理會由五個常任理事國：美國、英國、俄羅斯、法國和中國，以及十個非常任理事國所組成。這五個常任理事國擁有非常大的決策權，只要其中一國投下反對票（行使否決權），安理會的決議就無法通過。

～來聊聊這樣的話題吧～

如果常任理事國之間存在利益衝突，安理會就無法運作了。

這就是讓常任理事國的成員擁有否決權的缺點吧！

那優點又是什麼呢？

七國高峰會

七大主要工業國一年一度的會談

　　如果一個國家的經濟實力強大、人民的教育水準高、科技進步，我們稱為「富裕國家」，這些富裕國家有責任以身作則，帶頭解決世界上的各種問題。

　　這些肩負重任成為全球表率的富裕國家——美國、英國、法國、德國、日本、義大利和加拿大，他們的國家元首或政府官員，每年為了探討國際問題而召開的會議，就稱為七國高峰會或七大工業國組織會議。由於是七個國家組成的會議，也簡稱為G7。

　　第一屆高峰會於1975年在法國朗布依埃召開，除了加拿大以外，其餘六國都參加了首屆會議。日本也曾經

舉辦過高峰會,各國元首和政府官員在東京(1979年、1986年、1993年)、沖繩縣名護市(2000年)、北海道洞爺湖(2008年)和三重縣志摩市(2016年)都曾聚會過。原定2020年在美國舉行的第四十六屆高峰會,由於受到COVID-19疫情的影響,最後決定停辦。

　　G7高峰會在1998年到2013年之間,曾經因為俄羅斯的短暫加入而稱為G8,後來由於俄羅斯在2014年以武力併吞克里米亞半島,受到國際譴責,被凍結會籍至今。近年來,除了G7的國家元首之外,中國、印度、巴西、墨西哥和南非等國的元首也受邀參與這場高峰會。

來聊聊 這樣的話題吧～

你們認為高峰會都在討論什麼議題呢?

應該是國際問題,我想想,是哪些問題呢?

我覺得召開高峰會雖然是已開發國家的責任,不過只讓七個國家參與討論也不太對吧!

歐盟與英國脫歐

英國脫離歐洲聯盟

　　歐洲大陸上有許多經濟發達和工業技術強盛的國家，過去曾發生過多次戰爭。第二次世界大戰結束後，為了避免歐洲再度陷入戰爭泥沼，歐洲各國成立了許多機構：歐洲經濟共同體（EEC）、歐洲煤鋼共同體（ECSC）和歐洲原子能共同體（EAEC）。後來，各國決定將這三個機構合併為歐洲共同體（EC），希望藉此整合歐洲，促進歐洲和平，實現社會經濟共同發展。

　　1993年，歐洲共同體成員國簽署了《馬斯垂克條約》，使歐洲成為名副其實的「共同體」，這個條約促使歐洲各國團結起來，建立歐洲經濟同盟，後來轉變成歐洲聯

盟（簡稱歐盟，EU），現在共有二十七個成員國。

　　歐盟實施了經濟與貨幣同盟。從 2002 年起，歐盟發行的共同貨幣「歐元」開始在市場流通，目前法國、德國、義大利和西班牙等十九個國家採用了歐元做為通用貨幣。

　　在歐盟當中，也有成員國對歐盟的一些政策和做法感到不滿，如英國就不滿每年需繳納高昂的歐盟會費，為了取回更多主導權，擁有不受歐盟管制的自由貿易政策，英國於 2020 年 1 月 31 日，正式退出歐盟。英國的英文是 British，退出的英文是 Exit，兩詞合併成一個新詞 Brexit（英國脫歐）。英國是第一個退出歐盟的國家，如果未來有更多國家像英國一樣脫離歐盟，歐盟將面臨解體的風險。

～來聊聊這樣的話題吧～

英國內部對於是否脫歐也爭論不休，最後是怎麼決定的呢？

最後是人民公投決定的，開票結果滿有意思的，大家可以在網路上搜尋看看。

英國脫歐對國際有造成什麼影響嗎？

OPEC

管控石油價格的組織

　　生產石油的國家稱為產油國，而 OPEC 是一個由產油國組成和管理的國際組織，中文稱為石油輸出國家組織。OPEC 成立於 1960 年，創始成員包括伊朗、伊拉克、科威特、沙烏地阿拉伯和委內瑞拉等五個主要產油國，現在總共有十三個成員國。

　　OPEC 的成立宗旨是為了維護成員國的相關利益，確保石油市場的穩定。當石油產量過剩，會導致油價下跌，因此 OPEC 會管控石油產量，來維持價格的穩定，雖然立意良好，但是在 OPEC 內部經常出現意見分歧。此外，還有一些產油國，如美國和俄羅斯等沒有加入 OPEC，他們常為了能源市場的問題與 OPEC 發生爭執。

～來聊聊這樣的話題吧～

所以OPEC現在主導了整個國際石油市場？

不，聽說市場上出現了一個新勢力，好像叫做頁岩氣革命（shale revolution）。

石油價格跟我們的生活息息相關，會影響到汽油價格、機票價格……還有別的嗎？

核能發電

利用核分裂反應進行發電

　　我們日常生活中不可或缺的電力，是透過發電機運轉而產生的。這跟騎腳踏車時，踩動踏板來點亮車燈是相同的原理。發電廠的發電方式主要有：以石油、煤炭或天然氣做為燃料的火力發電，利用水壩中儲存的水進行的水力發電，或是利用含有輻射物質的「鈾」的核能發電等。

　　核電是利用鈾在核分裂反應過程中所產生的巨大能量。雖然核電有助於減碳，但它有一個很大的問題——使用過的核燃料棒中仍含有危險的輻射物質。核電廠的安全性是另一個隱憂，如2011年3月，因大地震和海嘯而引發日本福島第一核電廠爆炸，就導致輻射外洩，造成非常嚴重的核災。

來聊聊這樣的話題吧～

我們可以統整一下火力、水力及核能發電各自的優缺點。

正因為我們的生活中不能沒有電，才更需要了解關於電的事情。

還有，平時養成省電習慣也很重要喔！

政治的詞語
數字小測驗

※ 答案在第157頁

這個小測驗要考考你第2章出現的專有名詞。
請回答專有名詞的數字。

Q1: 將立法權、司法權、行政權分開，以避免政府權力過於集中的制度稱為「○權分立」。

Q2: 大多數已開發國家為了更慎重討論而採用的國會制度是「○院制」。

Q3: 主要工業國每年為了探討國際問題而召開的高峰會又稱為「G○」。

第3章

經濟的詞語

製造商品，配送商品，消費者購買商品……
這些環節連結起來形成了經濟。
如果我們能明白人與人、企業與企業、
國家與國家之間的連結，
就能更了解什麼是經濟。

資本主義

透過自由競爭來促進經濟發展

　　我們長大後會開始工作，靠自己的力量賺取相應的報酬，自食其力過生活，像這樣靠工作獲取相應報酬的制度就稱為資本主義。

　　資本主義奠基於資本家和勞工之間的關係。資本家指的是擁有資本（生產工具）的人，例如：一個擁有工廠的人，可以在自己的工廠製造汽車並出售來賺錢，但是單憑他自己一個人無法製造汽車，所以他雇用了很多工人，這些工人在工廠工作，製造汽車，並獲得薪水做為報酬。在這個情況下，擁有工廠並雇用員工的人稱為「資本家」，在工廠工作的人則稱為「勞工」，你可以把它想像成老闆和員

工之間的關係。

　　在資本主義社會中，資本家會藉由擴增工廠、製造汽車以外的新產品、提供新的服務，來賺取更多的金錢。想賺取更多錢的資本家們，也會互相爭奪市場（販賣商品和服務的地方），這種經濟模式就稱為自由競爭。透過自由競爭，企業家們不斷創造出更好的商品和服務，使經濟得以成長，這就是資本主義的特徵。

　　不過，資本主義也有缺點。由於有競爭就有輸贏，資本主義的競爭越激烈，資本家和勞工之間的貧富差距就越大，最後造成嚴重的社會財富分配不均，而資本家為了製造更多商品，消耗了大量資源，也會造成環境的破壞。

～來聊聊這樣的話題吧～

還有一種與資本主義相反的制度叫做「社會主義」喔！

相反的意思是指，沒有競爭、人人平等？

社會主義有哪些優點和缺點？

股票和股票投資

公司籌集資金的方式

　　在資本主義的世界中，資本家會藉由擴大公司規模來增加獲益，但是擴大公司規模需要很多錢，例如把公司從五層樓建築擴建成十層樓，在工廠安裝新的機器設備，或多雇用一些員工等，都需要用到錢。

　　資本家想擴大公司規模，又沒有足夠的資金時，會利用發行股票來吸引投資者。股票是公司為了向支持者籌集資金而發行的憑證。某公司的支持者付錢給這家公司，公司則給予支持者股份，做為「收到支持的證明」，也就是所謂的「買賣股票」。

　　持有股票的人稱為股東，股東可以參與公司的經營，

因為他們出錢投資公司，所以有權利對於公司政策發表意見；當公司賺錢時，股東也能以股利分配的方式獲得報酬。另外，還有所謂的股東優惠，讓股東以比一般人更優惠的價格購買這家公司的產品或服務。

　　股票本身的價值稱為股價，股價每天都在變動。例如：你買了一家公司的股票，如果公司的業績好，獲利增加時，股票的價格就會上升，若在這個時候賣掉股票，就能賺到一筆錢；如果公司經營不善，它的股價就會下跌。任何人都能透過證券公司買賣股票，所以有許多想增加財富的人都會選擇投資股票。

一來聊聊這樣的話題吧～

如果有愛用的品牌，查查看他們公司的股價也很有趣喔！

如果是遊戲公司，推出熱門遊戲之後，公司的股價也會上升吧？

假如是玩具或零食公司，我們應該就能知道股價變動的原因吧！

匯率

用自己國家的錢去換外國的錢

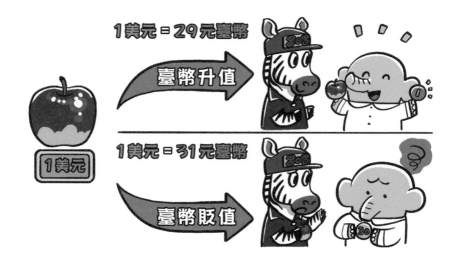

　　「接下來請看今天的國際匯率，按今日外匯市場行情，臺幣29.14元兌1美元，較昨天升值0.32元。」大家是否經常在新聞中聽到這樣的話呢？覺得有好多艱澀難懂的詞，完全聽不懂？其實匯率跟我們的日常生活息息相關，一點也不難。

　　匯兌一詞原指不直接輸送現金，而是透過匯票、支票或憑據來進行交易。匯兌又可分為國內匯兌和國外匯兌兩種，這裡主要介紹的是國外匯兌。

　　簡單來說，國外匯兌就是用自己國家的錢去換外國的錢。如果你想在美國購買10美元的商品，你就需要使用美

國的貨幣「美元」，但你的手上只有臺灣的貨幣「臺幣」，因此你必須先把臺幣換成美元才能購買商品，要用多少臺幣才能兌換到10美元，則取決於匯率。

　　舉個例子，如果你想把臺幣兌換成美元，兌換時的匯率是「1美元＝30元臺幣」的話，代表30元臺幣可兌換1美元，300元臺幣就能兌換10美元。不過，由於匯率時時刻刻都在變化，如果後來匯率變成1美元＝31元臺幣的話，用30元臺幣就換不到1美元了，因為美元變貴了（提升了臺幣1元的價值），而臺幣變便宜了（降低了臺幣1元的價值），我們稱這種情況為臺幣貶值。相反的，如果匯率變成1美元＝29元臺幣，拿30元臺幣不但能兌換1美元，還能找回1元的零錢，這代表美元變便宜，而臺幣變貴了，我們稱這種情況為臺幣升值。

～來聊聊這樣的話題吧～

匯率變動也會影響到日常用品的價格喔！

對喔！因為汽油是從國外進口的……

唔……臺幣貶值代表臺幣的價值下跌，這樣汽油會變貴還是變便宜？

國際貿易

與外國買賣商品或服務

　　從國外購買商品和服務，或將本國商品和服務銷售到國外，這樣的買賣行為稱為國際貿易。

　　如果沒有國際貿易，我們只能吃到自己國家生產的糧食，而資源貧乏的國家，由於沒有生產石油和鐵礦，將會因缺乏燃料而無法開車，工廠也沒辦法製造產品；還有，大家喜歡的熱門電玩遊戲也一樣，如果是外國製造的產品，沒有國際貿易，在自己的國家就買不到。透過國際貿易與世界各國共享資源，人人都能享受更多元化的商品和服務，生活變得更豐富精采。

　　在國際貿易中，從國外購買商品或服務稱為進口，反

之，將本國商品銷售到國外則稱為出口。貿易公司則在進出口貿易中扮演中間人的角色，貿易公司與外國交易時，正是使用前一個單元介紹過的匯率來兌換不同的貨幣。

當本國支付給外國的進口金額，大於外國支付給本國的出口金額時，就會產生貿易逆差。如果外國產品比國內生產的更便宜更好用時，從國外進口的數量就會增加，造成國產品滯銷，影響本國企業的競爭力。最理想的貿易，是讓買賣雙方國家都能獲益，各國政府為了讓進口和出口保持在平等互惠的狀態，便設置了關稅制度。關稅是國際貿易的「手續費」，除了可以增加國家稅收，還能減緩因貿易失衡帶來的負面影響。

公平貿易

用公平貿易終結貧窮和剝削

　　貿易是指商品的買賣，簡單來說就是做生意。商人做生意，基本上靠的是「低價買進，高價賣出」來賺取中間的價差，所以貿易商們會想盡辦法用最便宜的價格買到東西，但商人為了壓低成本，迫使生產者接受不合理的收購價，弱勢的生產者，永遠也無法擺脫貧窮困境。

　　我們以巧克力的原料「可可豆」舉例說明，世界上大多數的可可豆，都產自比較貧窮的開發中國家，這些國家的農民在農場種植可可，並把可可豆出口到國外；處於優勢地位的貿易商，在購買可可豆時，往往將價錢壓得非常低，農民們只能被迫領取低廉的工資。另一方面，富裕國

家的企業進口可可豆，將可可豆製成巧克力點心，再以高於可可豆數倍的價格賣給消費者。

　　大家看到這裡，是不是覺得好像有點不太對勁？如果沒有可可豆的話就無法製作巧克力，可是進口和銷售可可豆的公司，卻藉由壓低農民的薪水，從中賺取暴利。

　　這種不公平的貿易，無法真正改善當地生產者的生活。為了改變這種不平等的狀況，公平貿易制度應運而生。公平貿易能促使企業以合理的價格收購開發中國家的農作物和產品，保障貧窮國家的人們能獲得公平的報酬，並確保當地環境不會受到隨意破壞。

～來聊聊這樣的話題吧～

聽說公平貿易產品的包裝上會貼認證標籤。

是嗎？我們一起去超市找找有哪些認證產品吧！

推廣公平貿易不僅是企業的責任，也需要消費者的力量。

GDP

衡量一個國家經濟狀況的指標

　　GDP（國內生產毛額）是指在一定期間內，一個國家新生產出來的商品和勞務的市場價值總和（附加價值）。簡單來說，GDP就是「一個國家總共賺到多少錢」的意思，這麼形容是不是比較好懂了。GDP數值越高，代表社會的經濟越活躍和繁榮。

　　我們來更深入了解一下。舉例來說，假設一家汽車公司花費100萬元製造一輛汽車，再以150萬元的價格賣出，原本價值100萬元的汽車就變成價值150萬元了，「150萬－100萬＝50萬」，換句話說，這家公司創造出50萬元的新價值，這50萬元就是GDP。當一個國家不斷創造出新

價值，GDP也會隨之增加，我們就能判斷這個國家正處於經濟成長的狀態。2021年世界GDP排名中，美國高居世界第一，第二名為中國，第三名則是日本。

　　不過，一個國家的人口越多，商品和服務的交易金額也越大，創造出的GDP自然就越高。如果換算成人均GDP（除以國內人口數後得到的平均值），排名則大不相同，第一名是盧森堡，第二名是愛爾蘭，美國排名第六，中國排名第六十三，日本則排名第二十八。換句話說，整體GDP無法反映出真實的貧富差距。由於GDP是以金錢來衡量一個國家的經濟，並不能夠反映出志工或家務方面的勞動成果和價值；此外，股票等投資的獲利並非來自生產，所以也不包含在GDP內。GDP充其量只是經濟指標之一，必須搭配其他數據，才能判斷一個國家實際的經濟狀況。

〜來聊聊這樣的話題吧〜

GDP只是經濟指標之一，即使GDP很低，也不代表這個國家一定就是貧窮的。

嗯，人口少的國家也可能創造出很高的GDP，所以經濟發展不只有仰賴人口成長。

可是GDP逐年下降，應該跟少子高齡化也有關吧？之前我們討論過有什麼改善辦法呢？

通膨和通縮

物價的上漲與下跌

　　大家應該都聽說過「景氣很好」或「景氣很差」之類的說法。「景氣很好」表示經濟活動很活躍（消費旺盛），「景氣很差」則代表經濟活動不活躍（消費低迷）。事實上，有好幾種方法都可以用來判斷景氣好壞與否，這裡先帶大家認識「通膨」與「通縮」這兩個名詞。

　　通膨的全名是通貨膨脹，當出現通貨膨脹時，商品和服務的價格會持續上升。從前用 100 元可以買到的東西，現在漲價得花 120 元才能買到，換句話說，通貨膨脹會導致物價上漲、貨幣貶值。當政府的經濟政策導致市場上流通的貨幣變多時，就會發生通貨膨脹的現象，由於通膨往

往出現在經濟成長時期，因此被認為是「景氣變好」的指標。你可能會認為，物價上漲會造成人民生活困難，但是同時也會帶動薪資收入上漲，所以這確實是經濟繁榮的一種指標。

通縮則是與通膨相反的概念，通縮的全名是通貨緊縮，意思是商品和服務的價格持續下跌的現象。通貨緊縮會導致物價下跌、幣值上升。這期間往往伴隨著經濟不景氣，因此被認為是「經濟衰退」的指標。

還有一種現象叫做停滯性通貨膨脹，指的是通貨膨脹提高了物價水準，但是個人薪資收入卻不漲反跌。

GAFA 和 BATH

IT企業是經濟發展的核心！

　　大企業是引領社會經濟發展的推動力，古今中外道理皆同。第二次世界大戰後，多數國家選擇以汽車工業或鋼鐵製造業做為經濟發展重心，進入21世紀後，應用到網際網路技術的資訊科技產業（IT）一躍成為全球經濟的核心。近年來，GAFA和BATH已成為席捲IT業界，牽動世界大局的科技業龍頭。

　　GAFA不是一家公司的名字，它是四家美國企業的字首縮寫：Google（谷歌）、Apple（蘋果）、Facebook（臉書，現已改名為Meta）、Amazon（亞馬遜）。光是這四家公司的市值（公司價值）加起來就超過4兆美元。

社會

政治

經濟

科學

文化・體育

BATH則是中國四大龍頭企業的字首縮寫：Baidu（百度）、Alibaba（阿里巴巴）、Tencent（騰訊）、HUAWEI（華為）。而華為公司因為沒有上市，目前市值不詳，其他三家公司加起來的總市值超過1.3兆美元。

GAFA和BATH這八家企業以領先全球的技術主導業界，創造出許多不可或缺的產品——搜尋引擎、通訊設備、社群網路服務、電子商務網站。

GAFA和BATH現今掌握著全球龐大的用戶數據，未來如何運用第五代行動通訊技術5G，以及人工智慧AI等科技來爭奪全球經濟霸權，已成為全世界關注的焦點。

〜來聊聊這樣的話題吧〜

牽動世界的八家企業都集中在美國和中國，你們覺得是什麼原因造成的？

我們國家沒辦法誕生出GAFA和BATH這種大企業嗎？

什麼樣的環境和條件才容易創造出這種大企業呢？

群眾募資

圓自己的夢，也幫助他人圓夢！

假設你將來的夢想是拍一部電影，現在你已經寫好一個動人心弦的故事，但是因為拍電影需要很多錢，除了演員和工作人員的薪水外，專業的拍攝與後製器材更是不可或缺，你有滿滿的創意和幹勁，就是缺少資金而無法實現夢想，這個時候群眾募資（Crowdfunding）就能助你一臂之力。Crowd為「群眾」之意，Funding為「資助」之意，合起來就是「向廣大群眾募集資金」的意思。

現在網路上有許多募資平臺，只要在上面詳述自己的提案和計畫，無論是誰都可以用這種方式來向群眾募集資金。不管你想拍電影或出版小說，當有人因為看到那個構

想或創意，認為「好想看這部電影，拜託一定要拍出來」或「我想為你的小說家夢想加油」時，或多或少會提供贊助。當你得到很多人的支持，籌措到足夠資金時，就能開始執行你的夢想計畫。這些資助者還能依據投資的金額，得到發起人事先承諾的回饋。例如：在你投資的電影，你的名字會出現在片尾感謝名單上。還有一種捐贈型群眾募資，常見於公益活動，贊助者通常不會收到實質回饋，如災區募款或慈善機構勸募。

　　利用群眾募資的方式能比較輕鬆的募集到資金，也兼具社會貢獻意義，有時還能達到很好的宣傳效果，除了個人，許多企業和團隊也經常用這種方式來籌措資金。

～來聊聊這樣的話題吧～

網路的進步促成群眾募資的誕生！

募資不再是問題的話，就更容易實現夢想了。

募資的門檻低，也容易產生糾紛。在網路上募資有哪些風險需要特別注意呢？

無現金支付

出門買東西不用帶現金！

點歡

只收現金

　或許你沒聽過無現金支付，但你應該有用過它。無現金支付是指不使用紙鈔或硬幣的付款方式。最簡單的例子，像平常使用悠遊卡或一卡通搭公車，還有像使用信用卡付款，或是從銀行帳戶中直接扣款繳水電費或稅金……這些付款方式都屬於「無現金支付」。

　無現金支付的工具包括：信用卡、交通類電子票證IC卡（如悠遊卡）、電子錢包類電子票證IC卡（如icash）、感應式付款、掃碼支付等。雖然無現金支付的工具極為廣泛，但運作原理很簡單。無現金支付以付款時間點來說可分為三種：預先付款、即時付款和事後付款。預先付款就

是所謂的「儲值」，最具代表性的支付工具就像悠遊卡之類的交通類IC卡；即時付款是指結帳的同時就從銀行帳戶中扣除款項；事後付款則是像信用卡一樣，消費完一段時間後才會寄帳單請款，或從你的銀行帳戶中扣款。

　　無現金支付的種類和支付方式相當多元，具有許多優點，如方便管理金錢流向、消費後能夠獲得點數回饋或各種優惠等。不過它也有缺點，當遇到只接受現金的商家時，就無法消費。但現在使用無現金支付的人口越來越多，將來提供這項服務的店家也會逐漸增加。

來聊聊這樣的話題吧～

無現金支付
還有很多優點和缺點
沒說到呢！

對消費者來說應該優點
比較多吧！

對商家來說，
又有哪些優點和
缺點呢？

金融科技

科技使金融服務變得更便利

　　隨著資訊科技的進步，資產管理方式也日新月異。早期的公司和工廠都是用現金發放薪水，到了每個月的發薪日，員工都會收到一個裝著現金的信封袋，拿到之後還得專門跑一趟銀行，把錢存進戶頭。家庭或個人每個月需要用多少錢，花了多少錢，每一筆收支都必須自己動手記錄在筆記本上，如果手中有多餘的錢想拿去投資股票，也是非常不方便。

　　現在由於資訊科技的進步，理財再也不用這麼麻煩。每個月到了發薪日，薪水會自動匯入指定的銀行帳戶中，不必再身懷鉅款走在路上；此外，只要用智慧型手機或電腦，就能輕鬆管理家庭收支；而投資股票也不再是難事，

任何人都可以隨時透過手機APP進行股票交易。

　　人們將這些金融服務的重大轉型和進化統稱為金融科技（FinTech），這是「金融」（Finance）和「科技」（Technology）的組合詞，意思是「運用科技不斷創新金融服務」。像前面提到的群眾募資、無現金支付和後面即將介紹的加密貨幣，都是運用金融科技催生出的新興商業模式。

　　美國在金融科技領域的進展領先全球，這些技術與服務逐漸普及到世界各地，改變大家的生活。許多數位化落後的公司也正在積極轉型，希望引進更好的金融科技服務提升公司業務。同時，社會上也不斷呼籲金融法規應該與時俱進，才能因應新型態的金融服務。

～來聊聊這樣的話題吧～

以前每到發薪日，大家都會身懷鉅款走在路上？

我們來問問節節爺爺奶奶，他們年輕時真是這樣嗎？

哇！大家應該都是小心翼翼，很怕遇到扒手吧！

加密貨幣

以電子檔形式存放的新型貨幣

　　你知道生活中使用的貨幣是由誰發行的嗎？答案是每個國家的中央銀行，它擁有貨幣發行權。如中華民國中央銀行發行的新臺幣，日本銀行發行的日圓，美國聯邦準備銀行發行的美元，以及中國人民銀行發行的人民幣……這些貨幣稱為法定貨幣。

　　世界上還有一些貨幣並沒有類似中央銀行的發行機構，它們是加密貨幣。加密貨幣的特點是不具實體，不像法定貨幣的紙鈔或硬幣那樣看得到、摸得到，聽起來很不可思議。簡單來說，加密貨幣是利用加密技術保存在網路上的一種電子檔案，只能透過密碼來證明擁有權，所以又

稱為「密碼貨幣」，雖然聽起來有點類似電子貨幣（電子錢包），但兩者之間還是有差別的。電子貨幣是以臺幣或美元等法定貨幣事先儲值起來，消費完成後再結算；但是加密貨幣的特性是不直接隨著法定貨幣升貶而變動，比較不會受到國家政策或世界局勢的影響，換句話說，它就是一種全新發明的自由貨幣。

　　以「沒有實體的電子檔案」做為貨幣，聽起來似乎不太可靠，其實用戶可以透過加密貨幣交易所，以及加密貨幣錢包（Cryptocurrency Wallet）等APP進行交易和管理，也能兌換成美元等法定貨幣。現在有些店家已經開始接受使用加密貨幣付款，所以也能用它來買東西。到目前為止，已經有超過一萬種加密貨幣在市面上流通，未來會如何發展，人們仍持續關注中。

TPP／CPTPP

跨太平洋夥伴簽署的經濟協定

　　TPP是太平洋周邊國家之間的一項自由貿易協定「跨太平洋夥伴協定」（Trans-Pacific Partnership）的簡稱，TPP成員國之間，藉由互相取消或降低工業產品和農產品等的關稅，來達成貿易自由化的目標。另外，TPP協議中還包括成員國之間的投資、智慧財產權、勞工政策、環境問題等內容。在TPP的全面性經濟整合下，成員國之間形成了一個大規模經濟圈。

　　TPP最初是由新加坡、汶萊、紐西蘭、智利四個國家發起，後來澳洲、加拿大、日本、馬來西亞、墨西哥、秘魯、美國和越南等八國陸續加入協商，並於2016年2月完

成 TPP 協定簽署，2017 年改組為跨太平洋夥伴全面進步協定（CPTPP），由於美國宣布退出，成員國減為十一國，因此也被稱為 TPP11。

　　CPTPP 協定已於 2018 年 12 月 30 日正式生效，成員國之間透過降低進口商品的價格，以及提高出口產品的國際競爭力等優勢，促成經濟活動的蓬勃發展。英國看到 CPTPP 帶來的巨大經濟效益，已經申請加入，現正進行協商；臺灣也於 2021 年提出申請加入 CPTPP。可以預期未來會有更多國家加入 CPTPP。

～來聊聊這樣的話題吧～

聽說日本對於加入CPTPP出現很多反對聲浪。

加入CPTPP對某些人來說是壞事嗎？會影響到哪些人呢？

取消了關稅，讓進口商品變得更便宜，這不是好事嗎？

動態定價

靈活變更商品和服務的最佳價格

　　你知道商品或服務的價格是怎麼決定的嗎？商品的定價基本上是由市場的供給與需求來決定的，供給是指商品的庫存量，需求則是指想要這項商品的人數多寡。如果有很多人想要這項商品，表示需求量大，它的定價就會高一點；相反的，如果想要這項商品的人少，而商品庫存量很多時，它的價格就會下降。對於提供商品或服務的賣方來說，設定價格非常不容易──如果定價太低，利潤就會減少，如果定價太高，產品就會賣不出去，剩下很多庫存。

　　近年來，動態定價開始成為各界矚目的焦點，賣方依據時段和市場需求，調整出商品最理想的價格。其實動態

定價不是新概念，它很早就出現在我們的生活中。例如：在暑假或過年等旅遊旺季時，機票和飯店的價格總是比較高；在遊客較少的平日或淡季，機票和飯店就會降價促銷。像這樣依據使用頻率和訂位狀況，適度調整價格的制度就稱為動態定價。

　　近年結合人工智慧和大數據等新技術後，動態定價開始廣泛應用在各行各業中，再度成為焦點。例如：便利商店的商品售價、足球比賽的門票售價、主題樂園的門票售價等，各行各業都可以利用動態定價為賣方和買方提供最適當的價格。

～來聊聊這樣的話題吧～

價格變更太過頻繁，是動態定價的問題之一。

想買的東西在隔天突然漲價的話，會很震驚吧！

如果在災難時，生活必需品的價格卻大漲，會發生什麼情況呢？

入境觀光消費

因外國旅客增加而受到關注

　　外國旅客在本國內購買商品和服務的費用稱為入境觀光消費。為了吸引更多的外國旅客，各國無不想盡辦法推出許多活動。像是日本在 2003 年發起一項觀光推廣計畫 VISIT JAPAN CAMPAIGN（日本旅遊活動），自 2014 年開始，外國旅客迅速增加，其中以中國旅客成長最多。光 2019 年一年，日本迎接將近三千兩百萬名外國旅客，為日本帶進 4.8 兆日圓的收入。後來因為新型冠狀病毒爆發，2020 年和 2021 年的外國旅客數量急遽下降，嚴重衝擊觀光業。觀光業是日本以及許多國家的重要收入來源，未來各國該如何擬定政策，吸引更多旅客造訪，已成為後疫情時代的課題之一。

〜來聊聊這樣的話題吧〜

最棘手的應該是語言不通的問題吧？要是有更多提供多語言服務的商店就好了。

外國旅客還會遇到什麼問題？付款方式會有困難嗎？

減少外國旅客在旅遊時遇到的困難也是重要的觀光政策。

訂閱

新商業模式拓展更多服務

　　訂閱（Subscription）是一種近年流行的商業模式。訂閱最初是「訂購閱讀」的意思，指顧客預付一定期間的費用，來獲取產品及服務，就像訂了報紙之後就能在期間內每天都收到報紙一樣。現在，訂閱一詞已不限於用在訂閱報章雜誌，更常用來指定額制服務，泛指一定期間內的付費服務。

　　例如：可在線上平臺或收聽自己喜歡的歌曲，這樣的音樂串流服務；電影、電視劇看到飽的影音串流服務，都是現在常見的訂閱服務。還有透過網路平臺找到距離最近的閒置車輛，付費租借「共享汽車」，也是訂閱服務的一種。我們可以預期，未來訂閱服務將會越來越多元化。

一來聊聊這樣的話題吧～

你們知道現在有很多奇怪的訂閱服務嗎？

我知道有一種有趣的「零食訂閱服務」，每個月都會宅配新發售的零食。

我們來想想，有哪些是滿足人們需求的訂閱服務，以及未來會出現哪些新穎的訂閱服務。

經濟的詞語 字母小測驗

※ 答案在第157頁

這個小測驗要考考你第3章出現的專有名詞。
請以英文字母作答。

Q1: 哪三個英文字母是衡量一國經濟狀況的指標，代表一個國家「總共賺到多少錢」的意思？

Q2: 世界上最有影響力的四家美國公司，是以哪四個英文字母為統稱？

Q3: 太平洋周邊國家共同簽署的一項全面性經濟協定，正式名稱的縮寫是哪五個英文字母？

第4章

科學的詞語

科學是探究事物和現象的本質，
科學的發展促進了人類的進步，
討論現在的科學就是想像未來的世界。

疫苗

預防傳染病的人為免疫方法

　　2019年12月，嚴重特殊傳染性肺炎（COVID-19）在中國武漢爆發後，疫情迅速蔓延到世界各地，為了遏止這個可怕的傳染病，各國陸續展開疫苗接種計畫。疫苗是一種醫藥製品，以注射或口服等方式進入人體，用來預防傳染病。

　　人體本身有很厲害的防禦機制，當病菌入侵時，人體會啟動免疫系統，釋放出免疫細胞來抵抗敵人；同時，免疫系統還會記住入侵者的特徵，當下次遇到同樣的病菌入侵時，身體就能快速產生抗體來對抗病菌，這個過程稱為「產生免疫力」。當人體具有免疫力，就不容易再度染病，

即使受到第二次感染，症狀也會比較輕微。

疫苗的原理，正是利用人體的免疫系統，遇到具病毒特徵的物質會被觸發產生抗體。疫苗的種類很多，可分為：使用降低毒性的活病原體製成的減毒疫苗；使用已死的病原體製成的不活化疫苗；把病原體的毒素改造而成的類毒素疫苗；以及使用病毒 mRNA 分子的 mRNA 疫苗，它帶有「遺傳密碼」，讓人體細胞可讀取資訊而自行製造出病毒蛋白質，因此可觸發免疫系統產生抗體，許多新冠病毒疫苗就是屬於 mRNA 疫苗。

疫苗的作用可以想成一種預演，像學校在畢業典禮前會進行預演，到正式典禮時就能更順利。注射疫苗也是相同的道理，讓身體事先演練對抗外敵的狀況，自然感染時的症狀就會比較輕微。

來聊聊這樣的話題吧～

接種疫苗後，有時會出現一些異常的身體反應，稱為「副作用」。

每個人的健康狀況都不同，所以正確掌握接種疫苗的資訊是很重要的。

我們一起來看看接種疫苗需要注意哪些事項吧！

iPS 細胞

移植健康的細胞來治療傷口或疾病！

　　人體約由六十兆個細胞所組成，我們可以想成，有無數個稱為細胞的微小積木堆疊起來。人體的皮膚、血液和心臟等器官，都是由一個個細胞所構成，當我們受傷或生病時，正是體內的細胞損壞或死亡，會造成某些組織或器官喪失功能。例如：眼睛受傷可能會影響視力。

　　如果有全新的細胞來替代受損的細胞，或許就能治癒疾病、修補傷口，甚至再生出新的器官！這種夢想般的醫療技術即將成為現實，因為日本京都大學的山中伸彌教授，在 2006 年發現了以人工製造 iPS 細胞的方法。

　　iPS 細胞又稱為萬能細胞或誘導性多功能幹細胞，這

種細胞可以成長分化為人體的各種組織和器官 ，應用於
再生醫學，來修復或替換因疾病或受傷而受損的組織。現
在這項新技術已經有實際的臨床試驗，例如：用 iPS 細胞
培養出視網膜細胞層片，再移植到患者體內，幫助恢復視
力；將膝關節軟骨細胞層片移植到患者體內，治療膝關節
疾病；或將心肌細胞層片移植到心臟病患者體內等。

　　山中教授研究團隊在 iPS 細胞研究上的突破，引起全
世界的關注，促使更多人投入研究，他也因此於 2012 年
獲得諾貝爾生理或醫學獎。

來聊聊這樣的話題吧～

山中教授的恩師
告訴他：「研究人員
成功的秘訣是Vision and
Work hard」。

Vision意思是願景或
目標，Work hard則是
努力工作的意思對吧。

這句話很有意義，
我們也應該要對未來
有願景，你們的願景
是什麼呢？

VR

臨場感十足的虛擬實境

　　VR是一種利用電腦產生虛擬世界的技術，它能讓使用者獲得如同身歷其境一般的體驗。VR是Virtual（虛擬）與Reality（現實）兩個詞的組合縮寫，中文通常譯為虛擬實境。

　　有些人或許曾經在遊樂場或玩電腦遊戲時，戴過一種像護目鏡的裝置，體驗過虛擬實境的世界了。VR裝置能夠產生逼真的影像，讓人感覺彷彿坐在雲霄飛車等遊樂設施上，體驗到驚險刺激的快感；還能帶你進入恐龍生活的侏羅紀世界；或駕駛飛機在天空自由飛翔……使用者就像真的在現場一樣！

為什麼虛擬實境創造出的影像會這麼立體，讓人感覺看到實體一樣呢？這是因為它以非常逼真的方式，刺激人類的五種感官，其中以視覺操控技術最具創新。事實上，人的左右兩眼各自看到的畫面略有差異，這個現象稱為視差，虛擬實境之所以看起來如此立體，就是因為它模擬了人眼的視覺體驗，讓左眼和右眼同時看到不同的畫面。當你戴著 VR 裝置轉動頭部時，視野也會隨之變化，讓人彷彿身歷其境。

虛擬實境除了遊戲娛樂用途，也廣泛應用在各種領域中。例如：利用虛擬實境技術讓其他醫師觀看和模擬手術過程，提升醫療技術；重現或模擬工安事故現場，進行防災演練，讓專家不必親自到現場，也能檢查工廠裝備或其他設施。未來，虛擬實境技術將在各個領域繼續發光發熱。

~來聊聊這樣的話題吧～

因應各行各業的需求，虛擬實境的應用也越來越廣泛喔！

或許學校老師也會開始用虛擬實境來教課呢！

虛擬實境還有哪些用途呢？

AI

不斷進化的人工智慧

　　AI是Artificial（人工）和Intelligence（智慧）兩個詞的組合縮寫，中文稱為人工智慧。AI技術有望讓機器能夠像人類一樣的說話和思考。在許多科幻電影中，出現了會說話、能思考的機器人，現在已經不再只是幻想，儘管目前AI還無法做到足以比擬人類程度的智慧，不過還是交出了一些成績。例如：內建在蘋果手機中的人工智慧助理軟體Siri，你可以向它提問互動；或是對著安卓手機說：OK Google或Hey Google，就可喚醒Google助理來協助你。這些服務也是AI的應用之一。

　　這麼聰明的AI技術是如何發展出來的呢？人工智慧的

研究，最早要追溯到1950年代，當時電腦科學正開始蓬勃發展；到了1980年代，科學家發明出一種機器學習技術，如果用人類來比喻，機器學習就像人類從累積的經驗中不斷學習和進步，而「經驗」就是人工智慧透過讀取大量數據來累積。後來，模擬人類大腦運作機制的深度學習問世，掀起人工智慧快速發展的浪潮。深度學習的發明，讓電腦不必借助人力就能學會思考，進行更多、更深入、更複雜的運算。隨著深度學習的發展，AI甚至已經在棋類比賽上擊敗人類棋手。

　　現在，AI已被廣泛應用於各種領域，包括天氣預報、機器翻譯、病理診斷（從X光片或電腦斷層掃描影像判讀病情）和汽車的自動駕駛等，為我們的生活提供更多便利。

～來聊聊這樣的話題吧～

雖然AI技術還沒完全達到人類的智慧，但AI已經深入我們的日常生活了。

我聽說有AI掃地機器人、AI冰箱、AI自動駕駛……

AI的應用居然這麼廣泛？還有出現在什麼地方呢？

物聯網

萬物皆可連線上網的世界

　　物聯網又稱為IoT，是Internet of Things的縮寫，意思是連結各種物品的網路。大家平常使用電腦、平板或智慧型手機來瀏覽網頁或觀看影片，是因為這些通訊設備可以連線上網。

　　簡單來說，物聯網就是讓電腦、平板等通訊設備以外的「其他各種物品」都能連線上網，這樣一來，我們的生活會變得更方便。

　　讓物品連線上網有什麼好處嗎？讓我們想像一下，如果家中的物品使用了物聯網技術，那麼就算我們不在家，也能透過網路遠端操控家中的錄影機，預約錄製想看的電

視節目；人在外面也能事先打開家中空調，回到家就能享受溫度舒適的生活空間；甚至還可在回家前先放好熱水在浴缸；擔心家中寵物的飼主，只要在房間安裝智慧監視攝影機，就能在外透過手機觀看寵物的狀況；可以根據存放的食材，自動為你搭配菜單的冰箱；依不同的衣物量來調整水量的洗衣機……萬物皆可連線上網的世界，實在是太便利了！

　　這麼方便的物聯網，並非完全沒有缺點，因為這也意味著，只要連上網路的東西都可能遭受駭客入侵或電腦病毒的攻擊，資訊安全問題也是物聯網最大的隱憂。

～來聊聊這樣的話題吧～

物聯網備受矚目的原因之一，跟少子高齡化也有關係喔！

為什麼呢？少子高齡化最大的特徵是勞動力短缺……

意思是物聯網不但可以改善日常生活，也可以運用在公司或工廠，節省更多的人力？

次世代汽車

降低二氧化碳排放量的新技術

　　現在的汽車多是使用從石油提煉出的汽油、柴油做為燃料，但是燃燒汽油後會排放大量的二氧化碳（CO_2）等溫室氣體，讓全球暖化加劇，於是各國紛紛尋求能夠取代石油的新燃料，積極開發更環保的次世代汽車。次世代汽車主要包含混合動力車、電動車、燃料電池車、天然氣汽車四種車型。

　　混合動力車泛指配備兩種以上動力來源的汽車，其中最常見的是汽油與電動馬達的組合，即所謂的油電混合車。混合動力車比傳統燃油汽車更能大幅減少二氧化碳的排放量。

電動車是指使用電力驅動馬達來行駛的車輛，由於電動車不使用汽油，因此也不需要引擎（內燃機）。電動車不會排放二氧化碳或氮氧化物，因此又稱為零排放車輛。

燃料電池車則是指以氫或甲醇發電，來驅動馬達的車輛。燃料電池車不僅能長距離行駛，而且不會排放二氧化碳等汙染物，是備受期待的替代能源車。

還有天然氣汽車，是以天然氣取代汽油做為燃料。天然氣汽車不僅能減少二氧化碳排放量，還能降低噪音汙染，美中不足的是，行駛距離比燃油汽車短得多，不適合長途駕駛。

全球的汽車大廠都在努力研發次世代汽車，未來這些汽車也將配備使用 AI 技術的自動駕駛功能。當小讀者們長大到了能開車的年紀時，到時汽車又會變成什麼樣子呢？

〜來聊聊這樣的話題吧〜

未來的次世代汽車，會使用哪一種技術呢？

要是能飛到天上就好了。

如果要防止全球暖化，哪一種次世代汽車最理想呢？

第四次工業革命

機器超越人類的那一天即將來臨？

　　人類的歷史可以說是一部科學技術發展史，人類歷史發展至今，總共經歷了四次科學技術的大躍進，也就是所謂的工業革命。

　　第一次工業革命發生在18世紀中期至19世紀的英國。蒸汽機的發明，使大量勞動力集中在工廠，許多產品也改用機器取代手工製造，開始大量生產，實現了工廠機械化，鐵路和蒸汽船的出現，更造就了四通八達的交通網。

　　第二次工業革命從19世紀下半葉持續到第一次世界大戰，隨著石油和電力大規模應用，帶動機器自動化生產，促進鋼鐵等重工業蓬勃發展。

第三次工業革命是1980年代後，電腦和數位科技正式進入普及化時代，網路資訊技術和智慧型手機等電子裝置的興起，大幅改變了人類的生活方式。

大約從2011年開始，人類進入了第四次工業革命（工業4.0）。第四次工業革命的核心技術是人工智慧（AI）和物聯網（IoT）。人工智慧的工業化應用，使工廠實現全自動化生產，並利用物聯網技術，收集萬物連結網路所得到的數據，使我們的生活變得更加便利。

在第四次工業革命的重點還有奈米科技、量子電腦、區塊鏈、VR等新技術的運用，有專家學者認為：「這波技術革命將改變機器與人類的關係」。當AI機器人超越人類智力的那一刻稱為科技奇異點，按照目前的科技發展，有人預言這個奇異點可能會出現在2045年。

〜來聊聊這樣的話題吧〜

當科技奇異點來臨的那一天，世界會變成怎樣呢？大家想想看。

應該會發生像科幻電影那樣的事吧？

那我們找一些人類和機器立場顛倒的電影來看吧。或許能有些收穫！

網路攻擊

利用網路進行犯罪行為

　　隨著網路普及，我們的生活也變得越來越便利，平時遇到任何疑問都可以立即上網查詢，無論是安排旅行或購物，只要透過網路都能輕鬆完成。將來物聯網全面普及之後，生活又會變得比現在更加輕鬆便利。

　　我們的生活重度依賴網路，幾乎每天都離不開它，其實網路世界裡，時時刻刻潛藏著巨大的危險，那就是網路攻擊，這是指個人或組織惡意入侵他人的電腦網路，意圖竊取或破壞資料的犯罪行為。進行網路攻擊的人稱為駭客。

　　我們以金融機構來舉例說明。過去在沒有網路的時代，如果想竊取銀行的客戶資料或現金，必須先闖入銀行，

才能拿走資料文件或者成捆的鈔票。現在銀行的客戶資料都儲存在電腦中，只要入侵銀行的網路系統就能輕易拿到這些資料。2018年，巴基斯坦就曾發生多家銀行遭到網路攻擊，導致大量帳戶資料遭竊的事件；同年，日本某家與墨西哥中央銀行有業務往來的銀行，被盜領走21億日圓。

　　網路攻擊不僅造成資料外洩或金錢被盜領，還帶來了許多隱憂，要是駭客入侵物聯網，可能會藉由操控某些裝置引起火災，如果入侵操縱紅綠燈號誌的電腦，就會造成全市交通大亂……駭客活動的足跡遍及世界各地，不但政府和企業需要嚴密防範駭客入侵，個人也必須保護自己，避免受到網路攻擊。

～來聊聊這樣的話題吧～

正因為網路已經成為生活中不可或缺的東西，我們更應該擬定對策，防範網路攻擊。

政府正在制定相關法律，企業也在加強資安措施，我覺得個人也可以採取一些行動來保護自己。

我們個人可以做些什麼來防範駭客攻擊呢？

NASA

在太空探索領域位居領導地位

　　美國國家航空暨太空總署（NASA），一直是人類在太空探索領域的領導者，NASA成立於1958年，是美國聯邦政府的一個獨立機構，它的總部設在華盛頓特區，底下共有九個太空中心，包括甘迺迪太空中心（在佛羅里達州）和詹森太空中心（在德州）等。NASA的規模非常龐大，旗下有多達兩萬名員工及十五萬名外部員工。

　　NASA在1961年啟動阿波羅計畫，成功將太空人送上月球，引起了全世界的關注。而NASA在火星探索方面也是領先全球，已多次派遣火星探測器成功登陸火星執行探測任務。

「理解並保護我們依賴生存的行星；探索宇宙，尋找生命的起源；啟示我們的下一代去探索宇宙——這就是NASA的使命。」從它們在2002年的這份聲明中可以看出，NASA對於自己「在太空探索領域的領導地位」充滿自信。

除了美國，很多國家或地區也都有設置專門的太空機構，例如：由二十二國政府組成的歐洲太空總署（ESA）、俄羅斯的國營企業俄羅斯航太（Roscosmos）、中國的國家航天局（CNSA）、日本的宇宙航空研究開發機構（JAXA）等。除了國家設置的太空機構，近年也有越來越多的民營企業投入發展太空事業。

由於太空探索需要龐大的資金及技術來支持，專家紛紛提出建議，希望世界各國的太空機構能共同參與合作計畫，才能達到事半功倍的效果。

～來聊聊這樣的話題吧～

你們認為各國合作進行太空探索計畫有什麼好處嗎？

唔～可以解決資金或人才的問題？

還能讓大家擁有一致的目標？

距離地表四百公里的太空實驗室

　　國際太空站（ISS）是一個巨大的太空載人設施，在距離地球表面約四百公里的軌道上，以大約每九十分鐘繞地球一周的速度運行。太空站的主要功能是進行各種太空研究和實驗，從1998年開始，國際太空站的各個組件由火箭搭載，陸續送上運行軌道上進行組裝，前後花了十多年的時間，直到2011年7月，國際太空站終於整體組裝完成。

　　國際太空站目前由美國、俄羅斯、日本、加拿大和歐洲太空總署（ESA）共同合作運轉。國際太空站上的組件也是由各國提供，如日本「希望號」實驗艙就是其中之一，希望號配備了一個機械手臂，用來代替人類在太空中工作。

建造太空站需要大量的資金和人力，光靠一個國家很難單獨運作，因此需要透過國際合作。但也有國家特立獨行，像中國就正獨力建造自己的天宮空間站。

國際太空站通常可容納六名太空人，他們在上面從事各種太空研究和實驗，例如：植物如何在太空中生長？人類如何在太空中維持健康的生活？未來，上太空站不再是太空人的專利，不但將開放一般人在國際太空站停留，甚至還計畫舉辦太空旅遊……國際太空站讓人類接觸宇宙的夢想，不再遙不可及。

國際太空站在軌道上運行已超過十年，正面臨設備老化的問題，原本設定在2016年退役，但是NASA決定延長使用到2031年，目前還是以維修的方式，繼續維持運作。

～來聊聊這樣的話題吧～

每個國家成為太空人的條件都不同，但無一例外都需要嚴格的訓練和考試。

我們來查查看各國需要哪些條件才能成為太空人吧！

當太空人實在太難了，我想查一下如何能參加民營企業舉辦的太空旅遊團。

阿提米絲計畫

人類計畫重返月球！

　　1969年7月20日，美國太空總署（NASA）在阿波羅計畫中，首次成功將人類送上月球，距離當時已經過了半個多世紀，現在NASA正進行阿提米絲計畫，希望讓人類重返月球！

　　因為經費和政治問題，在1972年的阿波羅17號登月任務之後，人類就再也沒有登陸過月球。這次的阿提米絲計畫，準備將人類再次送上月球，除了執行各種探勘任務，還計畫在2028年以前著手建造月球基地。而且這個計畫中至少會有一名女性太空人參與登月任務。

　　本次登月計畫由NASA主導，其他各國太空機構

如歐洲太空總署（ESA）、日本宇宙航空研究開發機構（JAXA）、加拿大太空總署（CSA）、澳大利亞太空總署（ASA）也共同參與。另外，也有幾個民營企業參與這項計畫，如美國的太空探索技術公司SpaceX，就負責研發和運作登月小艇。

　　阿提米斯計畫使用的發射載具為SLS火箭，這艘火箭未來也將使用在載人火星任務中，而火箭搭載的獵戶座太空船將運載人員和物資，預計可承載四名太空人。

　　為了重返月球，NASA還準備在繞月軌道上建造一個類似國際太空站的小型太空站：月球門戶，做為接送太空人的中繼點。當月球基地蓋好之後，太空人就能長期住在月球，並嘗試利用月球資源製造出燃料、水和氧氣來自給自足。

〜來聊聊這樣的話題吧〜

為什麼NASA睽違了四十多年又再次啟動月球探索計畫呢？

不惜耗費鉅資也要實行這項計畫，應該有什麼特殊目的吧？

也許他們在月球上發現了珍貴資源？

載人登陸火星

人類踏足其他行星的那一天

　　阿提米絲計畫的下一步是什麼？答案是載人火星探測計畫。火星是距離地球最近的行星，儘管NASA和其他太空研究機構已多次發射探測器登陸火星進行探索，但是直到目前為止，還沒有人類踏足這個星球。

　　火星是公認與地球相似度較高的星球，不過它的直徑大約只有地球的一半，重量約為地球的十分之一，火星的大氣層主要由二氧化碳組成，平均溫度為零下43°C，這樣的環境並不適合人類直接居住。但是火星上被發現有水，因此不少科學家認為火星適合人類移居。2021年4月，NASA的火星探測器「毅力號」成功利用它的設備，在火

星上面製造出氧氣，讓人類的火星移民夢又前進了一小步。

　　火星對人類而言潛藏著許多可能性，現在籌畫中的阿提米絲登月計畫也是在為未來載人登陸火星的任務鋪路。目前NASA、ESA和俄羅斯皆已宣布了載人火星探測計畫。2021年5月，中國成功派遣無人探測器登陸火星，可能也正在籌畫載人火星任務。另外，美國私人太空公司SpaceX和荷蘭非營利組織等私人機構，也有載人登陸火星的計畫。

　　地球到火星的距離，因為繞太陽公轉的關係，有時近、有時遠，最近的距離約為5500萬公里，是地球到月球距離的一百多倍，光是從地球往返火星至少得花上三年……將來火星是否有機會能成為「第二個地球」呢？

來聊聊這樣的話題吧～

人類移民火星的日子即將到來了嗎？到時地球會是什麼樣子呢？

人類要移民火星必須得克服很多問題才行。

既然如此，把目標換成讓人類可以永久居住在地球不是更好嗎？

再生能源

可循環利用的綠色能源

　　燃煤或石油發電所產生的二氧化碳是造成全球暖化的主要原因，因此，不會製造二氧化碳，來自大自然且用之不竭的再生能源，就成為人們關注的焦點。再生能源包括水力、風力、太陽能、波浪能、地熱能，以及利用植物或是動物糞便來發電的生質能。

　　雖然各國對再生能源的使用率持續增加，但目前燃煤及石油發電仍佔了全球發電量的一半以上。要提升再生能源的普及率，還需要解決一些問題，例如：「提高再生能源供電穩定性」、「降低再生能源的發電成本」等，都需要更進一步的研究。

～來聊聊這樣的話題吧～

雖然各國都在努力發展再生能源，但每個國家都有各自需解決的問題。

我們國家面臨的問題是什麼呢？

每個國家的自然環境都不一樣，面對的問題也不同吧！

CERN

探索宇宙誕生的奧祕！

　　如果說 NASA 是太空探索領域的領導者，那麼 CERN（歐洲核子研究組織）就是試圖解開「宇宙誕生之謎」的挑戰者。CERN 擁有世界上最大的粒子物理學實驗室，總部位於瑞士日內瓦郊區鄰近法國的邊境上。

　　2012年，CERN 宣布了一項歷史性的大發現，轟動全世界，CERN 透過實驗證實了希格斯玻色子的存在！科學界認為希格斯粒子是賦予萬物質量的基本粒子，長期以來，科學家認為這種粒子只存在於理論中，想找到它猶如大海撈針，CERN 這項發現，讓人類距離宇宙誕生的真相又更近了一步。

一來聊聊這樣的話題吧～

CERN也是網際網路發展的重要推手之一，如果大家有興趣，可以去查查看喔！

CERN對人類真的有很多貢獻，我聽說發明網頁標記語言（HTML）的人當時也在CERN工作喔！

好厲害的機構啊！也許他們真的能解開宇宙誕生之謎！

科學的詞語
地點小測驗

※ 答案在第157頁

這個小測驗要考考你第4章出現的專有名詞。
請回答地點的名稱。

Q1: 發現人工製造iPS細胞方法的山中教授，在哪所大學任教？

Q2: 太空探索領域的領導者NASA，它的總部位於哪裡？

Q3: 證實希格斯玻色子存在的實驗室CERN，它的總部位於哪兩國的交界？

第5章

文化·體育
的詞語

文化是人類多元的生活方式，
體育是活動身體的娛樂方式，
兩者都是人類社會特有的活動，
只有人類做得到，也只有人類會討論這個話題。

奧林匹克運動會

世界最盛大的體育賽事

　　古代奧林匹克運動會起源於西元前 8 世紀，最初是古希臘人在奧林匹亞舉行的祭神運動會，之後，古奧運會每四年舉行一次，一直持續到西元 4 世紀。

　　19 世紀末時，法國教育家皮耶・德・古柏坦男爵仿效古奧運會，創立了現代奧林匹克運動會。第一屆現代奧運會於 1896 年在希臘的首都雅典舉行，每四年舉辦一次，從 1994 年開始，冬奧和夏奧分開來，改為相隔兩年交替舉行。一百多年來，因為戰爭的緣故，奧運曾停辦過三次。在國際奧林匹克委員會（IOC）「透過體育實現世界和平」的理念下，奧運如今是四年一度的世界體育盛會。

隨著成為世界級的盛會，各種問題也隨之而來，首先是耗費鉅資。在奧運史上虧空最多的是1976年的蒙特婁奧運，蒙特婁花了三十年的時間，靠著向人民徵收特別稅，直到2006年才將債務清償完畢。由於主辦奧運需要花費龐大金錢，近年來申辦奧運會的城市越來越少。

1984年，美國舉辦的洛杉磯奧運引入商業合作模式，雖然獲得可觀的盈利，卻浮現出「奧運娛樂化」的問題。直到現在，民眾對於奧運會「重視贊助商和電視公司更勝於運動員」的做法，仍有不少質疑和批評。

此外，奧運還面臨著利用奧運達成政治目的、違規使用運動禁藥等問題，引發各種爭議。儘管如此，人們依然期盼這項全世界共襄盛舉的活動，能成為符合時代需求的和平盛典。

一來聊聊這樣的話題吧～

注重環保的奧運！
而且為了舉辦奧運
花太多錢也不好吧？

可是這樣一來就
沒辦法炒熱氣氛了？

符合時代需求的奧運
是什麼樣的奧運？

帕拉林匹克運動會

身障者參加的奧運會

　　帕拉林匹克運動會（Paralympic Games，簡稱帕運）是世界上最大的身心障礙者運動會。帕運的歷史最早可追溯到1948年，當時為了幫助在戰爭中受傷的軍人復健，路德維希・古特曼醫生開始推廣身障者運動，1948年倫敦奧運會開幕式當天，古特曼在醫院舉辦的射箭比賽成了帕運的起源，古特曼也因此被稱為「帕運之父」。

　　後來，這項比賽的規模擴大成國際賽事，1960年在羅馬舉行第一屆帕運後，開放越來越多不同的身障者參賽，1979年的帕運開放視覺障礙和截肢的運動員參賽，1980年的帕運開放腦性麻痺的運動員參賽。帕運的英文名稱

Paralympic中的Para據說源自Paraplegia，這個字的意思是下半身癱瘓者，在1985年，賽事名稱的含義重新詮釋為Parallel（平行），代表帕運與奧運為同等地位，帕運就是「另一個奧運」。

帕運的目標之一，是打造出健康者和身心障礙者一律平等的共生社會，讓社會上的所有人都能參與及做出貢獻。可是隨著關注度增加，同樣的，帕運也開始出現一些問題，例如：義肢輔具的問題。身障運動員在比賽中往往需要裝設義肢，這些義肢的功能、材質和耐用程度會影響比賽成績和紀錄，但品質越好的義肢，價格也越貴，因此相較於開發中國家，帕運對富裕國家的選手來說是比較有利的。

譯注：日本的「共生社會」是指，無論身障與否、無論何種性別、年齡，每個人都能在社會中找到自己的角色、發揮自己的價值。

〜來聊聊這樣的話題吧〜

帕運能幫助大家更了解身心障礙者。

想打造出人人平等的「共生社會」，有哪些具體的做法？

唔〜應該要有無障礙環境吧⋯⋯還有什麼呢？

電子競技

即使是小學生也能奪得金牌？

　　電子競技簡稱電競，英語是 Electronic Sports 或稱 eSports，指使用電腦遊戲、主機遊戲或手機遊戲等電子遊戲來比賽的運動競技。你是不是覺得「玩手機遊戲怎麼會是運動競技呢？」不要懷疑，電子競技在國際上已經是公認的運動項目，目前全球有超過一億位電競玩家，觀賽人數超過四億，熱門程度甚至超越許多傳統運動項目。有些電競比賽的總獎金高達上千萬美金，有些職業玩家的年收入甚至超過七十萬美金！為什麼全球的電競產業如此蓬勃發展？我們可以從電子競技的幾項特徵來思考看看。

　　首先，電子競技沒有年齡和性別限制，一般傳統運動，

體能好壞是重要的勝負關鍵，所以大部分的項目都受到性別和年齡限制，而電子競技就比較沒有體能限制，無論男女老少都能參加並嶄露頭角，連小學生也可能擊敗大人，贏得冠軍，這是電競如此受歡迎的主要原因。

　　再來，電子競技是在線上進行，玩家不必出門，在家就能透過網路連線對戰，不需要像傳統運動一樣需要實際到運動會場才能進行比賽，在家就能練習和參加國際賽事，這種便利性也是電競的魅力之一。

　　據說國際奧林匹克委員會（IOC）有意將全球熱門的電競比賽納入 2028 年奧運的正式項目，或許有一天，你喜歡的線上遊戲也能成為奧運比賽項目之一喔！

運動經濟

商機無限的運動產業

　　運動經濟是指能夠創造商機與產值的運動產業。說到
「運動產業」你會聯想到什麼呢？多數人腦中第一個浮現
的，可能是職業棒球或職業足球。職業球隊舉辦運動賽事
的門票和販賣周邊商品的收入，當然屬於運動經濟；還有，
與球類或釘鞋等運動用品有關的製造商和賣場，也屬於運
動經濟。為了減肥上健身房運動、邊看球賽邊享受美食的
運動酒吧，以及專門報導體育新聞的媒體等，也都屬於運
動經濟的一環。可以說所有與運動有關的產業，都涵蓋在
運動經濟的範圍內，運動早已化為各種形式，遍布在生活
當中。

事實上，全球運動風潮的興起也帶動運動經濟蓬勃發展，據說光是美國運動產業的市場規模，就高達五千億美元。儘管歐洲和亞洲尚未達到美國的規模，但光是熱門的足球運動也創造出巨大商機。

　　運動經濟帶來的商機還有非常大的發展空間。把運動進一步結合健康醫療、教育、地方特色等領域，發展出更多新的商機，已成為新的矚目焦點。未來，運動將會更廣泛的扎根在社會各個角落！

〜來聊聊這樣的話題吧〜

如果運動能結合越多不同領域的東西，就能發展出越多運動經濟〜

運動結合尖端科技、運動結合社會福利！還能結合什麼呢？

這樣就算是不擅長運動的人也能從事運動相關的工作了！

體育的政治中立性

停止紛爭並堂堂正正的進行運動比賽

　　人人彼此和平共處，生活在一個讓人安心的世界，是全體人類的期盼。可是，世界上各種戰爭、民族衝突、宗教衝突和種族歧視持續不斷，距離世界和平的目標還很遙遠，而體育運動正是緩解這些衝突對立的手段之一。

　　即使是兩個對立的國家，只要在運動賽場上，就必須秉持運動家的精神，互相尊重、公平競爭，我們將這種態度稱為體育的政治中立性。

　　但是將政治帶入體育的狀況卻屢見不鮮。例如：1980年蘇聯（現為俄羅斯）舉辦的莫斯科奧運，就遭到其他國家聯合抵制。當時以美國為首，全世界有將近一半的國家

宣布不參加奧運，日本也是其中之一，那些想在世界最大的競技舞臺上挑戰自我的運動員們應該非常失望。

　　不過，歷史上也有藉由運動比賽，最後促成和平的例子，這個案例就發生在足球的最高殿堂——世界盃足球賽上。2006年，在德國舉行的世足預選賽中，象牙海岸隊在非洲區外圍賽中擊敗蘇丹隊，這是他們史上第一次打進世界盃決賽，當時象牙海岸國內因不同派系紛爭，正爆發內戰，帶領球隊成功晉級的選手德羅巴，在賽後的採訪中呼籲：「我們的國家不該這樣墜入戰爭，拜託放下武器，停止內戰吧！」他的一席話引起很大的感動和回響，最後戰火真的平息了，內戰結束後，於隔年舉行了總統大選。

～來聊聊這樣的話題吧～

奧運為保持政治中立，禁止參賽選手表達政治意見，過去曾有選手違反規則而受到處分。

如果選手是表達反對歧視和衝突的話，我覺得很好呀，這種意見不需要禁止。

可是誰能判斷他說的是不是正確的？

聯合國教科文組織

在所有人的心中建立和平的堡壘

　　為了實現國際合作的理想，聯合國努力建立讓世界各國相互合作的機制，共同解決全世界的經濟、社會和文化問題，並消除種族、性別、語言和宗教上的歧視。聯合國設立了許多專門機構來幫助實現這些目標，其中之一就是聯合國教科文組織，全名為聯合國教育、科學及文化組織（UNESCO）。聯合國教科文組織的總部位於法國巴黎，目前有一百九十三個成員國，代表標誌是希臘的帕德嫩神廟。

　　聯合國教科文組織的營運資金來自各國繳納的會費，主要國家的會費比例如下：中國約15%、日本約11%、德國約7.8%，法國約5.7%。順帶一提，美國由於政治因

素，於2018年與以色列一起退出聯合國教科文組織。

　　《聯合國教科文組織憲章》中闡明的理念：「戰爭源自於人心，因此必須在每個人的心中建構保衛和平的堡壘。」因此教科文組織致力於推廣教育，希望透過教育的影響，達到世界和平的目的，例如：日本UNESCO協會聯盟正在推動的世界寺子屋運動（寺子屋是古代日本私塾）。世界上有多達一億兩千一百萬個兒童因為貧窮和戰爭而無法上學，希望藉由這項運動，為這些失學的兒童提供教育機會。

　　聯合國教科文組織也積極參與SDGs（永續發展目標），因為SDGs的理念是「確保地球上沒有任何人會被棄之不顧」，與教科文組織的理念不謀而合。

來聊聊這樣的話題吧～

任何人都能加入聯合國教科文組織義工團隊，為人類盡一份心力喔。

如果有我能幫忙的，我想參加！

我們去網站上看看有什麼是我們可以幫忙的吧！

世界遺產

必須傳承後世，全人類的共同寶藏

　　古老的石造神廟、讓人移不開眼的天然美景和樹木繁茂的森林……這些建築物及大自然是人類共同的寶藏。然而，許多歷史文物在戰爭中毀壞，許多自然美景也面臨汙染與破壞，設立世界遺產的目的，就是為了防止這些情況發生，為後世子孫保護和傳承這些無可取代的珍貴資產。

　　世界遺產是根據1972年通過的《世界遺產公約》，由聯合國教科文組織世界遺產委員會進行審查和認定。世界遺產可分成三種：包括寺廟、神殿或歷史遺跡等的文化遺產，包括自然景觀或珍貴的動植物的自然遺產，以及兼具兩者特性的複合遺產。義大利是目前登錄最多世界遺產的

國家，共有五十八處，緊追在後的是中國，有五十六處，其次是西班牙，有四十九處，日本也有二十五處獲選為世界遺產，目前全球登錄的世界遺產超過一千一百個。

　　我們居住的東亞有哪些世界遺產呢？中國的世界遺產包括萬里長城、秦始皇陵和絲綢之路等；韓國則以石窟庵與佛國寺、朝鮮王陵廣為人知；日本的世界遺產包括姬路城、法隆寺地區的佛教古蹟和嚴島神社等建築物，以及屋久島等自然景觀。有些建築物和自然景觀，要是沒有被登錄為世界遺產，可能早已毀損甚至完全消失。將這些珍貴的歷史遺跡和自然景觀好好保存下來，是活在當下的你我應該肩負的使命。

～來聊聊這樣的話題吧～

聯合國教科文組織的網站上有最新的世界遺產名單喔！

我知道好多個世界遺產喔！

我們分別在紙上寫下認識的世界遺產，看誰寫得比較多，再去網站對答案！

世界博覽會

世界各國共同參與的大型展覽

　　世界博覽會是世界各國展現國家的實力以及宣揚發展
成果的展覽會，又稱萬國博覽會，簡稱為世博或萬博，由
國際展覽局根據 1928 年簽訂的《國際博覽會公約》（簡稱
BIE 公約）負責統籌管理，總部位於法國巴黎。

　　世界博覽會不僅是一個活動，主要目的是「提供一個
對公共大眾有教育意義的展覽場所」。參觀者可以透過各國
的展示品，接觸到每個國家的文化、傳統和尖端技術，並
且彼此交流。

　　第一屆世界博覽會於 1851 年在英國倫敦舉行，日本
首次參展是在 1867 年的巴黎世界博覽會，當時的教育家

福澤諭吉和企業家澀澤榮一也前往參觀。

　　世界博覽會可分為：參與國各自建造展覽館的一般博覽會，以及具有特定主題的特別博覽會和認可型博覽會。日本舉辦過的世界博覽會包括1970年的大阪「日本萬國博覽會」（一般博覽會）、1975年的「沖繩世界海洋博覽會」（特別博覽會）、1985年茨城縣筑波市的「國際科學技術博覽會」（特別博覽會）、1990年的「大阪世界園藝博覽會」（特別博覽會）和2005年的「愛知世界博覽會」（一般博覽會）；未來在2025年，大阪將再次舉辦「日本世界博覽會（一般博覽會）」。目前亞洲只有日本和中國（2010年上海世界博覽會）舉辦過一般博覽會。

奧斯卡金像獎

全球最大的電影盛會

　　美國是全球電影產業的中心，每年都會製作各種題材的電影。雖然印度的電影年產量高居世界第一，但是從市場規模來看，美國才是世界電影的霸主，它的產值約佔了全球三分之二！美國的電影重鎮位於加州洛杉磯的好萊塢，加州終年陽光明媚，得天獨厚的天氣，造就出理想的電影拍攝環境。

　　眾所周知的奧斯卡金像獎（又稱學院獎），就是由美國這個電影超級大國的電影從業人員投票選出的獎項。奧斯卡金像獎創辦於 1929 年，比世界三大影展——威尼斯國際影展、坎城國際影展和柏林國際影展的歷史更悠久。傳

統上只有在美國洛杉磯地區上映過的電影，才能報名角逐奧斯卡金像獎。奧斯卡金像獎每年票選一次，共有二十四個獎項，包括最佳導演獎、最佳影片獎、最佳男主角獎和最佳女主角獎等。獲獎者沒有獎金，只有獲頒一座稱為奧斯卡金像的紀念獎座，不過，奧斯卡得獎作品一向是各國的熱門話題，因此往往能帶來可觀的票房收入。

　　日本電影也曾獲頒奧斯卡金像獎：1950 年代，黑澤明導演憑藉《羅生門》獲得了榮譽獎（也就是最佳外語片獎，2020 年更名為最佳國際長片獎）；2003 年，吉卜力工作室的動畫電影《神隱少女》獲得了最佳動畫片獎。臺灣導演李安也曾以 2006 年的《斷背山》和 2013 年的《少年 Pi 的奇幻漂流》，獲得兩屆最佳導演獎。

～來聊聊這樣的話題吧～

有人說奧斯卡獎是「社會的縮影」，得獎作品和得獎感言往往反映出那個時代的面貌。

大家在一起觀賞和討論這些電影內容也很有趣。

我很好奇爸爸媽媽他們年輕的時候，有哪些得獎作品。

諾貝爾獎

科學家的最高榮譽

　　一年一度頒發的諾貝爾獎共分為物理學、化學、生理學或醫學、文學、和平、經濟學六個獎項，獎勵那些為人類做出卓越貢獻的人士，以在這幾項領域做出劃時代的發明或發現，或是創作出感動全世界的文學作品等，做為評選標準。

　　諾貝爾獎是根據瑞典發明家阿佛烈·諾貝爾的遺囑所創立。諾貝爾一生中有許多發明，其中最著名的是炸藥，炸藥不僅被用於開採礦石和建築工事，甚至被做為戰爭中的武器；雖然諾貝爾因此累積了鉅額的財富，但他對自己發明的炸藥被用在戰爭，感到非常痛心，因此他在遺囑中

交代，使用他的財富創立「諾貝爾獎」。

　　每年由四個機構負責評選諾貝爾獎得主：瑞典皇家科學院（物理學獎、化學獎、經濟學獎）、瑞典卡羅琳學院（生理學或醫學獎）、挪威諾貝爾委員會（和平獎）和瑞典學院（文學獎），並頒發紀念獎章和獎金給諾貝爾獎得主。

　　得到諾貝爾獎是極大的光榮。第一個獲得諾貝爾獎的日本人是湯川秀樹（物理學獎，1949 年），還有許多日本人也獲得了諾貝爾獎的殊榮，包括川端康成（文學獎，1968 年）和山中伸彌（生理學或醫學獎，2012 年）等。諾貝爾獎得主並不限於學術界，2002 年的諾貝爾化學獎得主田中耕一，就是以精密機械公司職員的身分獲獎。歷年來也有不少華人獲獎者，而第一位出生及成長於臺灣的諾貝爾獎得主是李遠哲（化學獎，1986 年）。

～來聊聊這樣的話題吧～

諾貝爾很後悔自己發明的炸藥被當做戰爭的殺人武器，因此立下遺囑創立了諾貝爾獎。

生活中有很多東西和技術，都是因為戰爭而發明或發展出來的。

哦？第一次聽說耶！我們來找找看有哪些是戰爭帶來的發明吧！

電子書

利用電子裝置來閱讀的數位化書籍

　　遠古時代，人類將文字記載在龜甲、石頭、泥板或羊皮上。西元前2500年，古埃及人開始用植物纖維製成的莎草紙來書寫文字，莎草紙Papyrus是英文Paper（紙）的詞源。直到約2000年前，中國東漢時期的蔡倫發明了造紙術，才有了紙張，後來在7世紀左右，造紙術才傳入日本。

　　隨著紙張普及，可以用紙做成書籍來傳播知識。15世紀中葉，德國人谷騰堡發明了活字印刷術，讓更多人能夠讀書識字，加速了知識的傳播。如今，數位化的電子書正逐漸取代紙本圖書，成為普及的書籍形式。

電子書可以透過手機、平板電腦或其他電子設備來閱讀，因此具有許多優勢，例如：不佔空間。收藏紙本圖書需要一些空間來存放，像是集數很多的長篇漫畫放在書架上非常佔位置，如果做成電子書，只需要將檔案儲存在電子裝置的記憶體或記憶卡中，完全不佔實體空間。

購買電子書也非常方便，不必再大老遠跑到書店，只要打開電子書銷售平臺，動動手指就能下載想要的書籍，再也不會發生特地去到書店才發現缺貨之類的事，二十四小時全年無休，隨時隨地都能購買。

電子書改變人們的閱讀習慣，它的時代即將來臨。

來聊聊這樣的話題吧～

你們覺得電子書越來越普及的話，紙本圖書會消失嗎？

我覺得紙本圖書應該不會消失，但可能會變少吧？

電子書有很多優點，它也有缺點嗎？

nfluencer（影響者）

透過社群媒體傳播訊息的人

　　Influencer中文稱為影響者或網紅，泛指對社會大眾有影響力的人，如明星藝人或運動選手等。假設有一位很受歡迎的明星說：「這是我每天必吃的零食，超好吃的！」於是這款零食在他的推薦下造成大搶購，很快就銷售一空。由於Influencer擁有一定的聲量和名氣，他們的意見往往成為大眾指標，在社會上具有相當的影響力。

　　Influencer不但包含明星藝人或運動選手，在社群網站上具有知名度的YouTuber或部落客（在網路上發表文章或照片的人）也屬於Influencer，也就是俗稱的網紅。網紅接觸觀眾的方式不再只是使用傳統的電視、廣

播、雜誌或書籍等媒體，而是利用Twitter、Instagram和Facebook等社群網站增加曝光，吸引觀眾。經營社群網站不受時間和地點的限制，所以網紅能隨時隨地發表自己的意見，介紹自己喜歡的東西。

這種社會現象也影響了企業的行銷方式。過去企業都是透過電視廣告等傳統行銷方式來宣傳產品，近年來，有越來越多企業選擇與網紅合作，請他們在社群網站上宣傳自家產品，像這樣請網紅來宣傳產品或提供服務的行銷方式稱為Influencer Marketing，中文稱為網紅行銷或影響力行銷。

～來聊聊這樣的話題吧～

讓人察覺不出是心得分享還是廣告的業配文稱為隱性行銷，大家看網紅的發文要特別小心喔！

究竟是收錢打廣告還是單純分享心得，大家要好好分辨。

有沒有什麼好的分辨方法或對策呢？

文化・體育的詞語
人名小測驗

※ 答案在第157頁

這個小測驗要考考你第5章出現的專有名詞。
請回答人物的姓名。

Q1: 誰創立了現代奧林匹克運動會，被後世譽為「現代奧林匹克之父」？

Q2: 誰舉辦的射箭比賽成了帕拉林匹克運動會的起源，被後世尊稱為「帕運之父」？

Q3: 哪位瑞典人用鉅額遺產創立了國際獎項，以表彰在科學和文學等領域做出卓越貢獻的人？

小測驗的解答

社會的詞語　縮寫小測驗的解答

Q1： 答案是 Social Networking Service。

Q2： 分別是 Lesbian、Gay、Bisexual 和 Transgender 的字首。另一個通稱 LGBTQ，則是加了 Questioning 的 Q。

Q3： 源自「永續的」的英文單字 Sustainable 的字首。

政治的詞語　數字小測驗的解答

Q1： 答案是三權分立的「三」。

Q2： 答案是兩院制的「兩」（又稱為「二院制」）。

Q3： 答案是 G7 的「7」。G7 為七國高峰會 Group of Seven 的縮寫。

經濟的詞語　字母小測驗的解答

Q1： 答案是 GDP。中文稱為「國內生產毛額」。

Q2： 答案是 GAFA。GAFA 代表 Google、Amazon、Facebook、Apple 的字首縮寫。

Q3： 答案是 CPTPP，中文為「跨太平洋夥伴全面進步協定」。

科學的詞語　地點小測驗的解答

Q1： 答案是京都大學。山中伸彌博士目前是京都大學 iPS 細胞研究所的所長和教授。

Q2： 答案是美國的首都，華盛頓 D.C.。

Q3： CERN 總部位於瑞士日內瓦郊區接壤法國的邊境上。

文化・體育的詞語　人名小測驗的解答

Q1： 答案是法國教育家皮耶・德・古柏坦。

Q2： 答案是猶太醫師路德維希・古特曼。

Q3： 答案是瑞典發明家阿佛烈・諾貝爾。

索引

5分鐘理解新聞關鍵字

編著 • Kids Trivia 俱樂部
插圖 • TORIBATAKE HARUNOBU
翻譯 • 李沛栩
責任編輯 • 王筑瑩、許雅筑
美術設計與排版 • 喬拉拉

出版 | 快樂文化

總編輯 • 馮季眉　編輯 • 許雅筑
FB 粉絲團 • https://www.facebook.com/Happyhappybooks/

讀書共和國出版集團

社長 • 郭重興　發行人兼出版總監 • 曾大福
業務平臺總經理 • 李雪麗　印務協理 • 江域平　印務主任 • 李孟儒
發行 • 遠足文化事業股份有限公司
地址 • 231 新北市新店區民權路 108-2 號 9 樓
電話 • (02) 2218-1417　傳真 • (02) 2218-1142
法律顧問 • 華洋法律事務所蘇文生律師

定價 • 350 元　ISBN • 978-626-95760-6-7
印刷 • 凱林印刷　初版一刷 • 2022 年 6 月　初版二刷 • 2022 年 9 月
Printed in Taiwan　版權所有 • 翻印必究

國家圖書館出版品預行編目 (CIP) 資料

5分鐘理解新聞關鍵字/Kids Trivia 俱樂部
編；TORIBATAKE HARUNOBU 繪；李沛栩
翻譯. -- 初版. -- 新北市：快樂文化出版：
遠足文化事業股份有限公司發行, 2022.06
　面；　公分
ISBN 978-626-95760-6-7 (平裝)

1.CST: 新聞 2.CST: 術語 3.CST: 閱讀指導
890.4　　　　　　　　　　　111008522

特別聲明：有關本書中的言論內容，不代表本公司／出版集團之立場與意見，文責由作者自行承擔。